HARLEQUIN®
Recrea el tiempo para ti™

Deseo®

UNA MUJER ÚNICA
Leanne Banks

HARLEQUIN®
Recrea el tiempo para ti™

NOVELAS CON CORAZÓN

Editado por HARLEQUIN IBÉRICA, S.A.
Hermosilla, 21
28001 Madrid

I.S.B.N.: 84-396-6820-1
Depósito legal: B-49329-1998
Editor responsable: M. T. Villar
Diseño cubierta: María J. Velasco Juez
Composición: M.T., S.A.
Avda. Filipinas, 48. 28003 Madrid
Fotomecánica: PREIMPRESIÓN 2000
c/. Matilde Hernández, 34. 28019 Madrid
Impresión y encuadernación: LITOGRAFÍA ROSÉS, S.A.
c/. Progreso, 54-60. 08850 Gavá (Barcelona)
Fecha impresion para Argentina:27.6.99
Distribuidor exclusivo para España: M.I.D.E.S.A.
Distribuidor para México: INTERMEX, S.A.
Distribuidores para Argentina: interior, BERTRAN, S.A.C. Vélez
Sársfield, 1950. Cap. Fed./ Buenos Aires y Gran Buenos Aires,
VACCARO SÁNCHEZ y Cía, S.A.
Distribuidor para Chile: DISTRIBUIDORA ALFA, S.A.

Prólogo

Domingo de madrugada, poco antes de amanecer.

Ben Palmer se había cubierto la cara con tinta negra de camuflaje y estaba preparado para realizar su misión.

–Cueste lo que cueste, tenemos que hacerlo –dijo el pequeño Ben, de diez años, apuntando con una linterna al graffiti que Butch Polnecek había escrito en la caseta que el Club de los Chicos Malos habían construido en un árbol. Allí, escrita en grandes letras, aparecía una palabra inadmisiblemente ofensiva: CANIJOS.

–Sigo pensando que deberíamos atarlo, untarle la cara de miel y dejar que las abejas lo maten a picotazos –añadió Nick, probablemente el miembro del club que más ofendido se sentía, por ser, en efecto, bajito y delgado. Pero tenía mucho valor. Y mucho genio.

–Nos meteríamos en un lío –replicó Ben, el cual sabía por experiencia lo que podía meter a un niño en un lío–. Y queremos que sea Butch el que escarmiente; no nosotros.

–Ben tiene razón –intervino Joey, al tiempo que colocaba su bicicleta junto a la de Stan. No vivía en Cherry Lane, como el resto de los chicos; Ben ni siquiera había visto nunca a su padre; pero Joey era estupendo, un as en matemáticas y tenía cabeza para evitar meterse en líos.

Por su parte, Butch era un bruto. Siempre se estaba burlando de los Chicos Malos y entraba sin permiso en su caseta. Aprovechaba la menor oportunidad para pegar a Nick y siempre estaba gastando bromas pesadas, como romper bombas fétidas en el vestuario, en las taquillas de los niños más tímidos. Pero nunca se metía en líos... Aquello no podía seguir así: los Chicos Malos lo odiaban y le iban a dar una lección.

–Bueno –dijo Stan, jefe del club–, Ben irá el primero con su bicicleta, vosotros lo seguiréis con las vuestras y yo os cubriré las espaldas.

–Y en cuanto llegue a su jardín, le dejo el regalito y nos damos media vuelta –añadió Ben, sonriente.

–El padre de Butch está obsesionado con que su jardín esté perfecto –prosiguió Stan–. Y ahora que le ha encargado a Butch que se ocupe de cuidarlo, seguro que lo castigará sin ir a la fiesta de hoy.

–Genial –dijo Joey, al tiempo que miraba la bicicleta de Ben–. Tienes una bici chulísima. ¡Ojalá pudiera tener yo una igual!

–¿Por qué no le pides a tu padre que te traiga una en uno de sus viajes? –le preguntó Ben, que no entendía la súbita expresión de tristeza que observaba en la cara de su amigo–. Cuando nos saquemos el carné, todos iremos tatuados en motocicleta –añadió.

–Tu madre te mataría si te tatuaras. Y tu padre te obligará a que conduzcas su coche –apuntó Stan–. Quizá hasta te obligue a llevar traje como las personas mayores.

Ben frunció el ceño. Sus padres debían de ser los más pesados del país, siempre preocupándose por lo que los vecinos podrían pensar... Así que no le quedaba más remedio que llevarles la contraria: si ella le peinaba con la raya a un lado, él se despeinaba; si ella le metía la camisa debajo del pantalón, él se la sacaba; y si su padre ponía la radio en una emisora, él la ponía en cualquier otra. No es que fueran malos, pero si todos los adultos eran como sus padres, Ben prefería pegarse un tiro.

–Sólo dejaré que me pongan un traje el día de mi funeral –protestó–. Y os prometo que cuando crezca, nunca conduciré un coche. Yo sólo tendré motocicletas.

–¿Y qué pasará cuando tengas novia? –preguntó Stan–. ¿Y niños?

–¡Una novia! –exclamó Ben, espantado. Las niñas eran guapas; pero eran tan aburridas como jugar con una muñeca. No tenía sentido... aunque debía reconocer que la mayoría de los tíos molones tenían novia–. Si algún día tengo una, tendrá que conducir su propia motocicleta –añadió.

–Está bien, está bien –dijo Stan–. Tenemos que pasar a la acción: ¿habéis quitado todos el timbre de vuestras bicicletas?

Después de comprobarlo, Ben encabezó la marcha hacia el jardín de los Polneceks y empezó a girar de un lado a otro sobre el césped y entre los arbustos. Le encantaba montar en bici y todos estaban de acuerdo en que era el que mejor montaba de todo el barrio. Sabía hacer caballitos y avanzar muchos metros sin agarrar el manillar; aunque lo que más le gustaba era pedalear a toda velocidad y sentir el viento fresco contra la cara.

Al oír el ruido de algunas ramas partidas de los setos, sonrió. No querían destrozarlos, ni mucho menos; sólo conseguir que el señor Polnecek se enfadara y castigase a Butch por no cuidar del jardín.

–¿Estás seguro de que funcionará? –preguntó Stan, un par de minutos después.

–Sí –respondió Ben mientras sacaba la sorpresa de su bolsillo–. Será mejor que os vayáis. Os garantizo que esto durará todo el día... Así que mientras nosotros estaremos divirtiéndonos en la piscina, el pobre de Butch tendrá que estar arreglando los arbustos y oliendo el aroma de...

–Huevos podridos –se adelantó Nick, sonriendo con satisfacción.

Había muy pocas cosas que disgustaran a Ben; pero los chicos abusones lo repateaban. Aunque él mismo se saltaba las reglas de vez en cuando, Ben tenía un gran sentido de la justicia, incluso cuando le tocaba ser la parte perjudicada.

Ben esperó a que sus amigos se alejaran y entonces lanzó su especial y potentísima bomba fétida. El hedor se expandió inmediatamente y Ben salió disparado, como un rayo. Habían realizado la misión con éxito.

Capítulo Uno

Ben la vio antes que nadie: sin duda, no parecía el tipo de mujer que frecuentaba el club Thunderbird los viernes por la noche.

En vez de llevar unos vaqueros ajustados o una minifalda, lucía un vestido negro con flores, con un diseño muy elegante. Llevaba el pelo recogido en un moño castaño claro, a la altura de la nuca, aunque algunos rizos suaves y rebeldes se habían escapado. Incluso desde la distancia, su piel parecía tan delicada como la porcelana.

Ben torció el gesto: demasiado frágil para ella. Un siglo antes, esa mujer habría llevado una falda anchísima y no se habría separado jamás de una sombrilla mientras paseara por las tierras de su papi. Por eso probablemente le parecía tan fuera de lugar la botella de cerveza de la que acababa de dar un sorbo aquella desconocida.

Estaba sentada en una banqueta, en una esquina oscura. Dejó la botella sobre la mesa que había a su lado y se quedó mirando a los ocupantes de ésta, como con la esperanza de que ellos le ofrecieran alguna respuesta.

Puede que a Ben no le pareciera muy normal lo de la cerveza, pero a él le importaba un rábano que una despistada se hubiera colado en el club Thunderbird por la noche. Sola. Dio un largo trago a su propia botella de cerveza y volvió a mirarla, al tiempo que el disc-jockey ponía una canción de Van Halen.

Aunque la rodeaba una cierta aura de tristeza, sus

ojos no parecían turbados. El vestido no ocultaba las exquisitas curvas de sus pechos y sus caderas, y sus tobillos eran lo suficientemente delicados como para hacer que cualquier hombre deseara acariciarle los pies y subir hasta llegar al vértice de sus piernas. Puede que algunos hombres interpretaran su actitud ausente y femenina como un comportamiento desafiante. Ben mismo debía reconocer que sentía cierta curiosidad, aunque no la suficiente como para hacer nada al respecto.

No tendría que salir sola del club. Él la había visto primero, pero seguro que habría otros chicos preparados para la cacería.

En efecto, un segundo después un tipo se abrió paso entre la multitud que se agolpaba en el bar y se dirigió a su mesa.

Ella denegó con la cabeza educadamente y el cazador se marchó; pero no tardó en llegar un segundo. De nuevo denegó con la cabeza, tras lo cual se levantó de la banqueta. Entonces, después de saludar a otra mujer, pasó por delante de Ben y avanzó hacia la salida. Éste no pudo evitar reparar en la suave fragancia de ella, pues era muy diferente a los aromas de las colonias y de la cerveza que ambientaban el bar por lo general.

Supuso que se había marchado y se encogió de hombros, satisfecho: ella no encajaba en el club. Sin embargo, por el rabillo del ojo, observó que la mujer estaba dando vueltas de un lado a otro, delante de la entrada. El segundo hombre que se había dirigido a ella debió de darse cuenta también, pues volvió a aproximársela.

Ben dio otro trago de cerveza y procuró fijar su atención en el resto de la gente del bar. No era asunto suyo. Él no trabajaba de gorila, echando del bar a los clientes que se emborrachaban demasiado y se ponían pesados. Ya no. Ya no lo necesitaba.

Ahora tenía otros quebraderos de cabeza, asocia-

8

dos con la dirección de un próspero negocio de venta de automóviles.

A pesar de lo alta que sonaba la música, le fue imposible no oír el diálogo que tenía lugar al otro lado de la puerta:

–Entra y baila conmigo –dijo el cazador.

–No, gracias. Me apetece tomar un poco el aire –replicó con una voz tan suave como el cachemir.

–Deja que te invite a otra cerveza.

–No tengo ganas.

–Si quieres estar tranquila, puedo llevarte a algún otro sitio.

–No, yo...

–Vamos. Tengo la impresión de que te apetece pasar un buen rato; yo soy el hombre adecuado para...

Ben dejó su cerveza y exhaló un profundo suspiro mientras salía del club. El cazador seguía flirteando, pero Ben no le prestó atención; sí miró en cambio a los ojos, grandes y azules, de aquella mujer. Sus miradas se cruzaron y Ben sintió un hormigueo en su interior que le recordó a su Harley.

–¿Quieres algo? –le preguntó el otro tipo a Ben, al advertir la presencia de éste.

–Tomar el aire –contestó Ben, acercándose a ambos para apoyarse sobre la pared del edificio.

–¿Y tienes que tomarlo aquí? –preguntó el otro, con el ceño fruncido.

–Sí –Ben se encogió de hombros.

–Mira, estamos intentando hablar en privado, así que...

–¿Interrumpo? –le preguntó Ben a la mujer.

Ésta lo miró con cautela y Ben esperó, consciente de que su aspecto no inspiraba demasiada confianza. Siempre le decían que llevaba el pelo demasiado largo. Y tenía un pendiente en una oreja. Le gustaba mucho su chaqueta negra de cuero y, cuando no la llevaba, la serpiente que tenía tatuada tampoco resultaba tranquilizante.

Ben pensó que aquella mujer parecía de las que se desmayarían del susto nada más ver el tatuaje.

–No, no interrumpes en absoluto –contestó por fin la mujer.

–Me largo –murmuró entonces el cazador, tras una breve pausa. Ella suspiró aliviada al verlo alejarse.

–¿Por qué no te vas a casa? –le preguntó Ben a ésta.

–He venido con una amiga del trabajo. Se lo está pasando bien y no quiero cortarle la diversión –explicó después de vacilar unos segundos–. Tenía buena intención, invitándome aquí –añadió con una sonrisa reservada.

–Pero tú no encajas aquí –observó Ben, sin temor a equivocarse.

–Para nada. Ni después de tres cervezas –respondió con desenfado–. No debía haber bebido tanto –añadió, llevándose una mano a la cabeza.

–¿Te encuentras mal?

–No mucho. Pero necesitaba airearme un poco.

Ben la miró y, de alguna manera extraña, sintió que conectaban. Quizá se debiera a que él tampoco encajaba ya en el club Thunderbird.

–¿Te apetece pasear? Hay una zona tranquila un par de calles más allá.

–No creo que deba –contestó ella, sin saber si podía fiarse de Ben–. Sherry se extrañaría si me ausento demasiado tiempo.

–No puedo ofrecerte llevarte a casa –comentó él, tras encojerse de hombros–, a menos que no te importe montar en moto.

–No creo que lleve la ropa más adecuada –respondió después de mirarse la falda. Luego inclinó la cabeza hacia un lado y se quedó pensativa–. ¿Sabes? Nunca he montado en moto –confesó.

Ben estaba a gusto... y extrañado. Había susurrado lo de la moto como si le hubiera confesado sus medidas. La miró sin descaro y pensó que no le costaría adivinar dichas medidas. Su cuerpo era una cosita de lo más golosa. Quizá fuera mejor que lo ocultara bajo aquella blusa larga y amplia de lo contrario, podría provocar muchos problemas.

–¿Quieres verla?, ¿mi moto? Mirarla no te hará daño.

–¿Qué haces aquí esta noche? –replicó ella, lanzándole una mirada curiosa.

–Estaba aburrido –contestó, encogiéndose de hombros, al tiempo que arrancaba en dirección a la moto–. Últimamente he estado trabajando demasiadas horas... Normalmente cuido de mi sobrino los viernes y los sábados por la noche; pero mi hermana y mi cuñado se lo han llevado fuera de la ciudad este fin de semana.

Se habría dejado cortar la melena antes de reconocerle a su hermana, Maddie, que echaba de menos no tener al pequeño para entretenerse con él. ¿Cuándo se había vuelto tan casero? Definitivamente, tenía que acostumbrarse a salir más.

–¿Cuántos años tiene?

–Cuatro. Se llama Davey.

–Casi una manita.

–Sí –Ben sonrió–. Aquí está –se detuvo cuando llegaron a la moto.

–Grande, negra y apuesto a que ruidosa –comentó ella. Ben asintió y se presentó:

–Me llamo Ben.

–Amelia Russell.

–No eres de aquí, ¿verdad?

–No. Soy de Carolina del Sur. Creo que se nota mucho en mi acento... Es bonita –añadió Amelia, cuyos ojos parecían realmente fascinados con la moto.

–Puedes tocarla. No muerde.

–Eso se lo dirás a todas –replicó, mirándolo de reojo.

Una broma inesperada, coqueta casi. Ben intuyó que no era normal en ella y sintió un sofoco repentino mientras la miraba tocar el manillar.

–¿Hace mucho que la tienes? –preguntó Amelia.

–Ésta, desde hace dos años.

–¿Has tenido otras? –pasó la mano por el lateral de la moto y el corazón de Ben dio un desconcertante vuelco.

–Sólo he conducido motos desde que me saqué el carné.

–¿Nunca has tenido un coche? –le preguntó, mirándolo fijamente.

–Acabé comprándome uno hace dos años; pero no suelo usarlo –contestó. Ben recordó el voto que había hecho de pequeño, en Cherry Lane. Aunque no había sido fiel a las motos sólo por aquella promesa; simplemente, le gustaban.

–¿Y qué pasa cuando llueve?

–Me mojo o llevo chubasquero.

–¿Y si nieva?

–Eso ya es más peliagudo –reconoció Ben, esbozando una ligera sonrisa.

Amelia paseó la mano por el asiento de la motocicleta. Parecía que estuviera explorando algo prohibido.

–¿Te importa arrancarla?

Lo había preguntado en un tono que a Ben le resultó casi seductor, sexual; aunque sabía que no había sido ésa la inteción de Amelia.

–No, no me importa –respondió por fin. Sacó una llave de su bolsillo, se montó en el asiento y arrancó la motocicleta–. ¿Quieres sentarte?

–¿Seguro que no pasará nada? –preguntó después de dudar unos segundos. Una mirada aventurera resplandeció en sus ojos.

–Seguro –afirmó Ben. Luego la ayudó a sentarse. Amelia permaneció sentada un momento sobre la moto, en marcha; después miró a Ben y sonrió. Una auténtica sonrisa. Ben nunca había visto una sonrisa semejante y a fe que le había gustado. La expresión de Amelia reflejaba una mezcla de asombro y dulzura

12

que lo perturbó mucho más que cualquier proposición descarada que pudiera jamás recibir.

–¿Vibra tanto cuando la conduces? –le preguntó, alzando la voz sobre el ruido del motor.

–No –denegó con la cabeza–. En realidad parece que estás volando... Tengo dos cascos –añadió al notar que Amelia sentía cierta tentación.

–No debería.

–No saldremos de la carretera que rodea el aparcamiento.

Amelia miró con deseo la motocicleta. Ben no quiso presionarla ni venderle lo agradable que sería estar con él. No quería comportarse como los otros tipos que se habían acercado a ella antes.

–¿Seguro que no saldremos de esa carretera? –quiso asegurarse Amelia, después de mirar alrededor–. ¿No iremos a ningún otro sitio?

–A ninguno –le prometió. Ben sintió que de nuevo lo estaba tanteando; que se estaba fijando más en él que en la motocicleta–. ¿Es por la chaqueta?, ¿por el pelo?

–No estoy segura –contestó tras pestañear. Sus mejillas se habían sonrosado–. Tú no eres como los demás hombres que he visto aquí esta noche.

Pero podía serlo; de hecho, lo había sido en ocasiones. Podía haber intentado cazarla; pero la veía tan frágil que debía actuar con cuidado. Una vez más, prefirió no forzarla.

Amelia miró la moto y luego a Ben, hasta que, por fin, sonrió confiada:

–¿Puedes darme una vuelta despacito?

–Échate para atrás y agárrate a mí –dijo Ben mientras tomaba asiento, después de ponerle un casco en la cabeza.

Se subió la falda hasta las rodillas para que no se arrugara y luego, tímidamente, puso las manos sobre los costados de Ben.

Éste sonrió. En cuanto pisó un poco el acelerador,

Amelia lo abrazó con fuerza y se aplastó contra su cuerpo. Ben notaba el contacto de sus pechos contra la espalda, sus delicadas y exquisitamente cuidadas manos aferrándose a él, sus muslos tensos en la cintura... y no pudo evitar pensar en otra escena diferente e imaginársela desnuda, sentada encima de él a horcajadas, con los ojos iluminados por esa chispa aventurera, y los pechos moviéndose arriba y abajo, mientras él dirigía las caderas de Amelia para situarla... Se excitó.

Suspiró con disimulo, siguió respirando lentamente y le dio a la mujer lo que quería: sólo un paseo despacito. Recorrió la calle de un extremo a otro un par de veces y se paró de nuevo.

–¡Qué gozada! –exclamó ella sin aliento–. Ha sido divertidísimo. Gracias... Me siento como una niña pequeña: ¿me puedes dar otra vuelta? –añadió sonriente.

–Si quieres, te acerco a casa –le ofreció.

–¡Dios!, ¡tengo que estar loca! –exclamó con los ojos bien abiertos, después de un largo silencio.

–¿Por qué?

–Porque me lo estoy planteando.

–Deberías avisar a tu amiga. Dile que te vas con Ben Palmer –comentó éste mientras avanzaban hacia la entrada del club Thunderbird. Luego, después de bajarse de la moto, la ayudó a que descendiera también ella. Le quitó el casco y resistió el deseo de rozar su cabello despeinado. Parecía suave. Los ojos le relucían con un brillo que casi, casi expresaba temeridad. Tendría que tener tacto con ella–. ¿Estás segura?

–No, pero voy a hacerlo de todos modos –respondió, justo antes de meterse en el club. Regresó un par de minutos más tarde y extendió una mano inmediatamente, solicitando su casco.

–¿Has hablado con tu amiga?

–Sí, ¿podemos irnos?

Era como si tuviera prisa y estuviera huyendo de algo. Ben se preguntó de qué. Quizá pudiera preguntárselo más adelante.

–¿Dónde vives? –le preguntó. Amelia respondió mientras montaba de nuevo junto a él–. ¿Vamos directos o prefieres que demos una vuelta más larga? –le propuso, después de girarse para poder mirarla a la cara.

–¿Cuántos accidentes de tráfico has tenido? –replicó Amelia, cerrando los ojos como si estuviera esforzándose por no hacer una locura.

–Ninguno en los últimos tres años. Antes de eso, demasiados.

–¿Te hiciste mayor?

–Precavido –Ben sonrió–. Iré con cuidado –le aseguró.

–No puedo creerme que esté haciendo esto –murmuró después de suspirar profundo–. Mejor damos una vuelta –respondió con gran resolución.

–Sólo se vive una vez –comentó Ben, asintiendo con la cabeza a modo de aprobación.

–Lo sé –dijo ella, cuyos ojos se ensombrecieron emocionados.

Aquella súbita expresión multiplicó el misterio de Amelia, las preguntas que Ben habría querido hacerle; pero las aplazó para otro momento y decidió centrarse en la carretera y en la vuelta que le había prometido.

Ben condujo durante un buen rato y Amelia disfrutó cada segundo. El viento parecía haber borrado de un soplo su tristeza. Era mucho mejor que montar en una atracción de Disney World, porque el paseo en moto no se terminaba nunca. Seguía y seguía sin descanso.

De repente se sentía liberada, como si hubiera traspasado una barrera que la hubiera estado oprimiendo. La sensación de libertad era mareante y, en esos momentos, los únicos puntos de referencia estables eran la potente y vibrante moto sobre la que estaba montada y el no menos potente hombre que le estaba dando el paseo de su vida.

Aspiró su aroma varonil y se fundió con la fortaleza de su espalda. Podía contarle las costillas con los dedos y sentir los latidos de su corazón con la palma de la mano. El viento era frío y ella habría necesitado algo con que abrigarse de no ser por el calor que desprendía el cuerpo de Ben. Los pechos se le aplastaban contra su espalda y el trasero de él estaba situado justo entre sus muslos separados. Era una locura perturbadora que la estaba haciendo temblar: hacía un año que no estaba tan cerca de un hombre.

Durante esa última hora había dejado de ser una profesora de Historia en la Universidad de Salem. Por primera vez desde hacía demasiado tiempo, no se sentía vacía ni perdida, sino emocionada, muy emocionada, y ella siempre había sido una mujer muy serena, desquiciantemente práctica y conservadora, incapaz de abandonarse a sus impulsos.

Pero las cervezas y el paseo en moto habían destapado su imaginación: en otros tiempos, Ben podría haber sido un fugitivo que aparecería por sorpresa con su caballo negro. Juntos habrían cabalgado a velocidad de vértigo por las calles oscuras y el miedo y la emoción la habrían dejado sin respiración... En esa fantasía, ¿la estaría secuestrando o rescatando de algún peligro?

Al ver que se acercaban al barrio en que vivía, regresó de golpe a la realidad. El estómago le hacía cosquillas y deseó que el paseo hubiera sido infinito. Finalmente, Ben giró por una última esquina y se detuvo frente a la casa de Amelia. Después de parar el motor, permanecieron sentados en silencio durante varios segundos.

—¿Sigues ahí? —le preguntó él después de quitarse el casco.

—Estoy alucinada.

—¿Y eso es bueno o es malo? —preguntó con desenfado, después de bajar de la moto, mirándola fijamente a los ojos.

16

–No lo sé; pero el paseo ha sido maravilloso –respondió. Ben torció los labios mientras le quitaba el casco con delicadeza. Luego le tomó una mano, la ayudó a bajar de la moto y Amelia estiró las piernas en un movimiento mecánico para poder mantenerse en pie. Las rodillas le temblaron–. ¿Será posible? –se dijo en voz alta, embarazada, agarrándose a Ben instintivamente.

–¿Te fallan las piernas? –preguntó él en tono divertido–. Me siento halagado.

–No es por ti –se apresuró a asegurar. Pero tal vez no fuera verdad del todo. Se sonrojó–. Es que mis piernas no están acostumbradas a montar en moto.

–Era broma, Amelia.

Se agarró a los brazos de Ben, aliviada porque éste la estuviera sujetando, suspiró profundamente y lo miró: sus ojos parecían sinceros y caballerosos, lo cual contrastaba con el pendiente de su oreja y su pelo largo. Si hubiera vivido en otra época, habría sido un fugitivo con corazón.

–Ah... –fue todo lo que acertó a decir. «¡Profundo comentario!», pensó contrariada. Si sus piernas no le hubieran flaqueado tanto, se habría dado una patada como castigo.

–Espera. Te acompaño a la puerta –dijo él.

Mientras avanzaban hacia el pequeño porche de su casa, Amelia pensó que Ben estaba siendo increíblemente cortés e intentó despejar su cabeza. Logró sacar la llave de la puerta e introducirla en la cerradura.

–¿Te apetece un café? –le ofreció, como persona de buenos modales que era, mientras empujaba la puerta.

–No, yo...

–O un refresco. También tengo té helado y puede que algo de vino...

–Déjalo, de verdad. Me vuelvo a casa –rechazó Ben.

Amelia, que por fin había recuperado la estabilidad suficiente para mantenerse en pie por sí sola, sintió un cúmulo de emociones: él la había sacado del pozo de tristeza en que se hallaba y ahora no sabía qué hacer.

–Tengo que darte las gracias –dijo por fin; pero no le sonó convincente–. Hacía mucho que no me sentía así.

–Así, ¿cómo? –le preguntó. Sus ojos negros le brillaron con una chispa de humor–. ¿Alucinada?

–No: viva –denegó con la cabeza y se prometió que nunca más volvería a beberse tres cervezas. Se sentía emotiva, impulsiva y tentada a dejarse llevar por los temerarios pensamientos que se le agolpaban en la cabeza.

No estaba segura de si era la cerveza, el paseo en moto o la mezcla de caballerosidad y peligro que intuía en Ben Palmer lo que la había hecho rebasar el límite... Quizá fuera que esa noche se cumplía un año del accidente que había acabado con la vida de su marido, dejándola sola entre el resto de los mortales... Las palabras de Ben resonaron en su cabeza: «sólo se vive una vez».

De repente se rebeló contra la vida tan programada que llevaba. Se inclinó y le dio un beso en la comisura de sus labios:

–¿Te importaría volver a secuestrarme alguna vez más? –le pidió.

Capítulo Dos

–Pareces diferente esta mañana –comentó Sherry Kiggins al ver a Amelia.

Efectivamente, Amelia se sentía diferente. Se había levantado decidida a no seguir vistiendo de negro. Sentía como si hubiera estado metida en una cueva y hubiera aspirado un primer soplo de aire fresco que la había revitalizado.

–Gracias –respondió, sonriendo para sí, mientras se sentaba para asistir a la reunión matutina de la facultad.

–No harías nada que yo no hubiese hecho con el hombre con el que te fuiste anoche, ¿no? –Sherry la miró, intentando descifrar el enigma de aquel cambio en su amiga.

–Sólo montamos un rato –Amelia suspiró. El recuerdo de la noche anterior era como una fotografía poco enfocada, brumosa por las esquinas.

–¿Montasteis? –preguntó Sherry, enarcando las cejas.

–En su moto –aclaró Amelia, que se obligó a no pensar en las fantasías a las que se había entregado durante aquel paseo, pegada a la espalda de Ben. Por suerte, estaba a salvo: nadie más que ella sabía de aquellas fantasías–. Fue divertido.

–Me parece perfecto que te diviertas, pero me enteré de ciertas cosas sobre Ben Palmer después de que os marcharais –arrancó Sherry–. Ha tenido algún problema que otro con la ley, las mujeres que lo conocen

19

dicen que es indomable y, además, solía ganarse la vida como gorila de clubs y discotecas... No es tu tipo —sentenció.

Mientras asimilaba la información que acababa de recibir sobre Ben, el resto del profesorado de la Universidad de Salem entró en la sala de reuniones. Amelia se acordó de su difunto esposo y sintió una mezcla de emociones contradictorias.

—Cuando le dije que era profesora, él dijo que llevaba un negocio de coches de importación —murmuró. Luego lanzó una mirada intrigada a Sherry—. No sabía que tuviera un tipo de hombre.

—Ya lo creo que sí —aseguró la amiga, convencida—. Tu hombre ideal tiene que ser educado, conservador en política, un hombre de trato agradable que invierta en acciones de poco riesgo y amante de la música clásica.

—¿De dónde te sacas todo eso? —Amelia parpadeó—. Suena como si pudiera elegir a mi pareja mirando en un catálogo.

—El otro día me compré un CD–ROM que se encarga de buscar a la pareja ideal a partir de un cuestionario con las características personales de cada uno —comentó Sherry con una sonrisa traviesa.

—Si tu análisis es correcto, ¿por qué demonios me llevaste anoche al club Thunderbird? —preguntó Amelia, después de dar un suspiro. Al fin y al cabo, a Sherry siempre se le habían dado muy bien los ordenadores—. No pensarías que iba a encontrar a ese tipo de hombre en un sitio así —añadió en voz más baja, consciente de que había varias personas mirándola.

—Lo de anoche no fue una salida en serio —respondió Sherry—. Necesitabas un cambio; dicho en términos informáticos, tenías que reinicializarte.

Reinicializarse... Amelia se quedó pensativa. En menos de dos horas, Ben Palmer le había cambiado todos los esquemas, de arriba abajo y de dentro a afuera. Si eso no era reinicializarse...

Indomable, problemas con la ley, un gorila.

Amelia repasó una segunda, tercera y cuarta vez su salida con Ben Palmer y decidió no volver al club Thunderbird.

Cada vez que pensaba en aquella noche, se aceleraba; pero Amelia había recibido una educación para que fuera precavida y sensata. Era verdad que sólo se vivía una vez; «pero si se quiere vivir mucho tiempo», razonó, «conviene no exceder ciertos límites».

De nuevo inmersa en su antigua monotonía, tomó una cena ligera, echó un vistazo al periódico y luego hizo un poco de punto mientras miraba el telediario. Para llenar el silencio que sobrevino cuando apagó el televisor, puso uno de los compactos de música clásica de su marido, Charles, y esperó a que la música surtiera su mágico efecto.

Estaba que se subía por las paredes... Pero no pasaba nada, se dijo. Si estaba un poco inquieta, bastaría con hacer un poco de ejercicio para desfogarse. Puede que se apuntara al gimnasio de la universidad.

Entonces pensó que hasta su madre llevaba una vida mucho más emocionante que la suya. Irritada, prefirió desestimar tal posibilidad.

Sin embargo, no podía dejar de sentir la necesidad de hacer algo diferente. Su marido había sido su mejor amigo desde la infancia y ella se había pasado la vida tratando de convertirse en la mujer que más y mejor pudiera complacerlo. La discreción en su forma de vestir, la decoración de la casa, sus inversiones en fondos de poco riesgo, hasta el color de sus uñas, todo era un reflejo de los gustos de Charles.

En una de esas noches interminables, Amelia dejó las agujas de hacer punto, se miró las uñas y frunció el ceño: ¿qué tal les sentaría un rosa vivo? Luego murmuró algo, disgustada por aquella idea arrebatada. ¿Por qué no podía seguir siendo la mujer equilibrada de siempre?, ¿por qué se sentía tan insatisfecha? Un paseo en moto no podía haberla afectado tanto.

Por otra parte, había llegado a la conclusión de que Ben Palmer sería lo suficientemente inteligente como para haberse olvidado de una recatada profesora de Historia, y trató de convencerse de que se sentía aliviada por ello.

Hasta que oyó el inconfundible ruido de una moto que pasaba por su calle.

El corazón se le disparó.

Oyó que la moto se detenía frente a su porche y se quedó sin respiración. ¿Qué podía hacer? El timbre de la puerta sonó y el cerebro se le quedó atascado. Permaneció de pie, incapaz de moverse, mirando hacia la puerta.

El timbre volvió a sonar y Amelia se acercó a la puerta. Guiñó un ojo y vio a Ben Palmer al otro lado de la mirilla. Intentó serenarse y cuando oyó que el timbre sonaba por tercera vez, abrió de inmediato la puerta, aunque no logró articular palabra una vez que se halló frente a Ben.

Llevaba una chaqueta de cuero negro y unos vaqueros que le sentaban muy bien. Él le lanzó una mirada fogosa, recorriéndola de pies a cabeza, y Amelia sintió como si hubiera estado demasiado tiempo tomando el sol.

—Me hiciste una propuesta que no podía rechazar —habló él, al tiempo que esbozaba una sonrisa malévola.

Amelia tragó saliva y se cruzó de brazos para que no se notara que le temblaban las manos. Parecía más alto que la otra noche. Más grande. Más peligroso...

—Mi propuesta —repitió ella.

Ben se acercó y Amelia volvió a aspirar la fragancia de su aroma varonil; un aroma que le recordó la sensación de notar el viento fresco contra la cara mientras iba en moto.

–Sí, tu propuesta... Me pediste que volviera a secuestrarte alguna vez –le recordó.

–Eso dije, ¿verdad? Es increíble lo que pueden hacer tres cervezas –acertó a comentar con un hilillo de voz. Se aclaró la garganta y se preguntó cómo era posible que la palabra «secuestrar» sonara tan sugerente puesta en boca de Ben–. Pasa, te invito a una limonada –añadió, dándose media vuelta inmediatamente para correr hacia la cocina.

Abrió la nevera y metió la cabeza dentro, con la esperanza de que el frescor interior despejara la confusión de su cerebro. Varios segundos después, sacó el refresco y se lo ofreció.

–Yo no soy la mujer de la otra noche –prosiguió Amelia.

–¿Quién eres entonces? –le preguntó, apoyándose en la pared.

–Pues... quiero decir que no suelo ser tan impulsiva –respondió algo desconcertada–. Normalmente me pienso mucho más todas las cosas.

–Entiendo –Ben le dio un buen trago a la lata de limonada. Amelia se quedó fascinada mirándole el cuello, viendo cómo bajaba el refresco por su nuez. Ben se secó la boca con un dedo y ella recordó el beso que le había dado en la comisura de los labios. El corazón le dio un vuelco–. Llevas la ropa adecuada para que te secuestre... Sólo tienes que ponerte una chaqueta y unos zapatos –añadió, después de radiografiarla con la mirada.

Sin duda, se trataba de un hombre peligroso; pero Amelia intuía algo que la hacía confiar en él. Se mordió un labio y trató de aclarar sus ideas.

–No estoy segura de que sea una buena noche para secuestrarme.

–¿Necesitas una luna llena? –Ben enarcó una de las cejas.

–Es que... –lo que necesitaba era valor. O locura. De todos modos, cuando Ben se acercó a ella y le rozó un mechón del pelo, se sintió incapaz de terminar la frase.

–¿Te arrepientes de haber montado conmigo en moto la otra noche?

–No –le aseguró de inmediato–. Fue maravilloso.

–Entonces, simplemente no estás segura de querer repetir –retiró la mano del pelo de Amelia y la miró a los ojos.

Ella sintió una terrible dentellada en el estómago. A pesar de que su instinto le decía que podía fiarse de Ben, no podía librarse de ciertos recelos. Además, llevaba tanto tiempo encerrada en sí misma, sin vivir realmente, que se sentía como una colegiala novata.

Ben debió de leerle el pensamiento. Permaneció de pie un par de segundos más, como dándole tiempo a que se decidiera y Amelia sintió que aquellos segundos se estiraban indefinidamente. Cerró los ojos dubitatiba y cuando volvió a abrirlos, estaba sola.

Ben tenía ganas de darle un puñetazo a la ventana de su despacho. Los clientes le resultaban pesados, los mecánicos no paraban de molestarlo y, aunque no quería admitirlo, estaba agobiado. Y el motivo de su agobio hizo que golpeara la mesa de su despacho.

No comprendía cómo podía estar de mal humor por culpa de una *mujer*; una que ni siquiera era de su misma onda y que nunca lo sería. Había sido amigo de muchas mujeres y había salido con unas cuantas; pero jamás en su vida se había pasado los días y las noches pensando en ninguna de ellas, exceptuando aquélla que le había roto su primera moto.

Las mujeres siempre querían que él se comprometiera en una relación seria, o acabar casándose incluso. Querían a un hombre que sirviera para encajar con el modelo aceptado de respetabilidad. La mera idea de intentar imaginarse sometido a ese molde le provocaba náuseas, de modo que Ben había decidido no involucrarse nunca demasiado.

Sobre todo, procuraba mantenerse alejado de cualquiera que llevara ropa de mujer de negocios y de las que tenían demasiados títulos y diplomas a sus espaldas. Eran dos señales evidentes de que el mundo de Ben no tenía cabida en el sistema solar de ellas. La única vez que se había relacionado con una mujer de esas características su ego había salido resentido; pero no su corazón, en absoluto.

Ben había aprendido que las mujeres eran un misterio, a veces gozoso, pero siempre temporal.

Entonces, ¿por qué seguía pensando en Amelia? Ella no era adecuada para él, ni siquiera como relación transitoria. Era convencional, sumamente prudente y carecía de imaginación y espíritu aventurero.

Ben recordó el brillo de sus ojos y cómo se había agarrado a él. Y recordó también el tono ronco, excitado y sexy de su voz, el suave y fugaz roce de sus labios contra su boca.

Pensó en la indecisión que había notado en su rostro justo antes de salir de su casa y gruñó disgustado. No debería estar pensando en ella.

–Señor Palmer –una voz lo llamó al otro lado de la puerta.

–¿Qué? –respondió después de suspirar y abrirle la puerta a su gerente, Rick.

–Hay una cliente que insiste en hablar con usted.

–¿Cuál es el problema, Rick? –preguntó Ben mientras se mesaba el pelo. Otro cliente pesado...

–No sé –Rick se encogió de hombros–. Sólo le hemos cambiado el aceite, pero ella dice que tiene que preguntarle una cosa.

–¿Está enfadada por algo? –Ben frunció el ceño.

–No –Rick denegó con la cabeza–. Simplemente no para de repetir que quiere hablar con usted.

–Está bien. Dile que pase –se resignó. Un incordio más en un día para olvidar. Creía que la cabeza acabaría estallándole. Se giró para mirar por la ventana y contempló la posibilidad de irse de acampada el fin de semana siguiente. Necesitaba librarse de la oficina, de aquellos pensamientos que lo estaban...

–¿Ben?

La voz lo dejó paralizado. Era la misma voz suave y sexy que había excitado su libido y se había metido en su cabeza de manera obsesiva. Amelia. Se dio media vuelta y la miró con atención: llevaba una falda larga y una blusa, discreta y femenina. Su madre aprobaría la elección de tal conjunto... ¡Hasta su abuela la aprobaría!

Llevaba el pelo recogido por detrás, pero se le habían escapado un par de rizos rebeldes. Las mejillas se le habían encarnado. Ben se preguntó por qué.

–Dígame, señora –respondió por fin–. Me han dicho que quería usted verme.

–Cierto –Amelia sonrió–. He venido a cambiarle el aceite al coche. Sus empleados han sido muy amables.

–Me alegra que esté contenta –dijo con un tono distante que la hizo sentirse un poco incómoda.

Amelia dejó de mirarlo y desvió los ojos hacia la mesa de la oficina.

–Me preguntaba... –arrancó. Pero se detuvo en cuanto volvió a mirarlo a la cara. Estiró la mano y le rozó con delicadeza la mejilla. Sus dedos eran tan delicados como las alas de una mariposa y toda ella estaba revestida de la misma fragilidad. Era amable y los ojos le brillaban con una mezcla de curiosidad y sensualidad–. ¿Qué te ha pasado? –añadió al ver un corte que tenía Ben en el cuello.

Éste se preguntó por qué le latía el corazón tan rápido. Debía de haber tomado demasiado café ese día.

–Sólo es un rasguño –respondió, encogiéndose de hombros–. Me lo hice esta mañana al afeitarme. Ha sido uno de esos días.

–¿Un día duro?

–Sí –contestó–. ¿Quieres hacer algo para arreglarlo? –añadió sorprendido.

Los ojos de Amelia se agrandaron, luego miró hacia abajo y Ben supuso que habría asustado u ofendido a la pulcra señorita Amelia. Ésta respiró profundamente y luego lo miró a la cara.

–Tal vez –contestó. Ben sintió un pinchazo de excitación y sorpresa. Aquella mujer era un enigma: tan pronto actuaba con timidez como se mostraba lanzada un segundo después–. ¿Quieres venir a mi casa a cenar?

–¿Estás segura de que no vas a cambiar de opinión? –preguntó, de nuevo sorprendido.

Amelia rió y su risa rozó los oídos de Ben como si de una caricia se tratara.

–En absoluto: supongo que cambiaré de opinión una docena de veces durante la siguiente hora; pero la cena *será* a las seis y media.

Ben pensó que era una mujer un tanto alocada; pero sentía cierta curiosidad. Además, sólo se trataba de cenar, lo que, por otra parte, le ahorraría tener que cocinar o comprar cualquier cosa en algún restaurante de comida rápida.

–De acuerdo –aceptó–. ¿Hace falta que lleve algo?

–Con que te lleves a ti mismo es suficiente –Amelia se puso firme y sonrió–. Bueno, tampoco te olvides de tu moto.

Amelia se había equivocado: no cambió de opinión una docena de veces durante la siguiente hora, sino tres docenas de veces. Cuando el timbre de la puerta sonó a las seis y veinticinco, el corazón se le subió a la garganta. No había ningún motivo para que perdiera la compostura, se dijo mientras se dirigía a la puerta. Sólo era una cena y él sólo era un...

Amelia abrió la puerta y el corazón le dio un nuevo vuelco. Sólo era un hombre, se dijo. ¡Pero menudo hombre! No entendía cómo podía resultar tan... Buscó en su aturullada cabeza un adjetivo que lo describiera con precisión; pero no logró encontrar la palabra adecuada. Sus ojos negros destelleaban con una mezcla de atracción y perversión; Amelia no sabía qué la afectaba más.

–¿Me dejas pasar? –preguntó Ben.

–Sí, claro. Perdona –dijo echándose a un lado, cuando se dio cuenta de que estaba bloqueando la entrada. Se puso colorada–. La cena está lista. Pollo en pepitoria.

–Huele de maravilla –comentó después de olfatear–. Y seguro que sabe mejor todavía.

–Eso espero –murmuró sin apenas voz. La cocina se le daba bien, pero había estado tan distraída mientras preparaba la cena que no estaba segura de no haberse olvidado de algún ingrediente importante–. ¿Me dejas tu chaqueta?

–Tendrás que ponerte a la cola –contestó Ben, mirándola divertido–. Son muchas las personas que me han pedido esta chaqueta. La llevó Evel Kneivel.

Amelia miró la gastada chaqueta de cuero con atención y se encogió de hombros, confundida.

–¿No pudiste encontrar una nueva que te gustara?

–No, profesora Amelia –Ben sonrió–. Evel Kneivel fue un especialista de escenas peligrosas en motocicleta. Esta chaqueta es un artículo de coleccionista. Soy un poco posesivo con ella.

–Ah –dijo Amelia–. Algo así como las joyas de la Reina Victoria, pero más contemporáneo.

–Sí –contestó Ben después de una breve pausa–. Algo así.

Entraron en el salón. Ben tomó un vaso y le dio una toba para hacer sonar el cristal.

–Buena cristalería –prosiguió éste–. ¿Haces esto a menudo?

–No –Amelia prefirió no mirarlo a la cara–. En realidad hace bastante que no cocino en serio.

–¿Cómo es eso?

–No había invitados –se encogió de hombros. Notó

que la mirada de Ben la instaba a ser más explícita–. El año pasado murió mi marido.

–No es posible –Ben pestañeó–. No pareces lo suficientemente mayor como para ser viuda; aunque ahora que lo pienso, mi hermana perdió a un novio cuando tenía tu edad más o menos.

–Nunca pensé que me pasaría a mí; pero así fue. El caso es que hace bastante que no hago este tipo de cosas.

–¿Este tipo de cosas?

–Bueno, cenar con un hombre... que no sea mi marido –aclaró, aunque en seguida deseó haberse callado. Ben pensaría que estaba desesperada.

–¿Hace cuánto exactamente?

–Unos siete años –admitió a regañadientes.

–Debes de haberte casado muy joven –comentó Ben, después de dar un silbido.

–Sí, nada más salir de la universidad. Él era mi vecino. Nos conocíamos desde el jardín de infancia, íbamos juntos a pescar... Tengo mi propia caña –añadió, al tiempo que lo invitaba a tomar asiento con un gesto de la mano, con la esperanza de cambiar de tema.

–Seguro que otros hombres te han pedido salir después de que tu marido falleciera –insistió Ben.

–Sí –Amelia asintió, sirvió vino para los dos y dio un sorbo a su vaso–. Pero no era el momento oportuno.

–¿Y por qué yo?

Sintió un cosquilleo en el estómago. Ben había usado un tono de voz demasiado sugerente, demasiado seductor. Pensó en por qué lo había elegido a él y se sonrió:

–El otro día me encontré con una cita que no se me va de la cabeza: *si quieres sentirte más viva, haz una cosa que te asuste todos los días* –lo miró a los ojos–. Y tú me das miedo.

–¿De veras? –enarcó una ceja–. Bueno, señorita Amelia, ¿qué tienes pensado *hacer* conmigo hoy?

–Alimentarte –respondió tras desechar otras posi-

bilidades más atractivas y arriesgadas–. Voy a alimentarte.

Después de la cena, la llevó a dar un paseo en
moto.

A Ben le gustaba la manera en que el cuerpo de
Amelia se ceñía al suyo, cómo se apretaba a él cada vez
que tomaban una curva un poco cerrada. Cuando pa-
raron frente a su casa, parecía extasiada.

–Tienes el gusanillo –le dijo mientras la ayudaba a
bajar de la moto.

–¿El gusanillo? –dejó que Ben le quitara el casco.

–El gusanillo de montar en moto. Lo llevas dentro,
en la sangre. Dentro de poco irás en moto a trabajar
con una chaqueta de cuero.

–No lo creo –comentó, después de imaginarse esa
situación–. Supongo que el decano de la universidad
prefiere que sus profesores den una imagen distinta.

–¡La imagen!, ¡guau! –exclamó Ben, con sarcasmo–.
Tiene que ser una carga terrible estar preocupándose
todo el rato por la imagen... Tengo la sensación de que
has llevado una vida muy sosegada, Amelia.

–Es posible –confesó ella.

–Nunca has fumado, ¿verdad?

–Bueno, le di una calada a un cigarro en el instituto; pero no me gustó.

–Claro, claro. Además, ¿cómo ibas a sobrevivir a tamaño escándalo?

–Te estás burlando de mí –contestó mientras avanzaban hacia el porche de su casa.

–Pero sólo un poco. Seguro que nunca te han mul-
tado por exceso de velocidad.

–Nunca –reconoció–. Pero no porque no haya re-
basado el límite.

–¿Alguna vez te has quitado la ropa y te has bañado
desnuda en la playa por la noche?

–No –concedió.

Llegaron al porche. Amelia apoyó la espalda contra la puerta y se quedó mirando a Ben, el cual advirtió cierta curiosidad en dicha mirada. Lo halagaba lo atraída que ella se sentía hacia él, y le gustaba la idea de ayudarla a romper con sus cadenas... Dio un paso al frente:

–¿Alguna vez has besado a un hombre que se ha ganado la vida como gorila?

–No sin tomarme tres cervezas antes –respondió. Cuando Ben inclinó la cabeza buscando la boca de Amelia, ésta interpuso una mano entre ambos–. Hoy ya he hecho una cosa que me asustaba. He cubierto mi cuota.

Ben sonrió y se acercó un poco más:

–Puede que hayas cumplido con los deberes de hoy, pero tienes un montón de ayeres que recuperar.

–¿Alguna vez has cruzado por un camino prohibido? –le preguntó Ben a la semana siguiente, tras desviarse de una carretera y encarar un sendero estrecho con la moto.

–Noooo –Amelia se apretó con fuerza a la cintura de Ben–. ¿De verdad hace falta cruzar por aquí?

–Sí –respondió alegremente. Luego pisó el acelerador y, tras subir una colina, la ayudó a bajar de la moto–. Es la mejor vista del valle –dijo, apuntando hacia unas luces abajo.

–¡Qué maravilla! –exclamó extasiada por la belleza de la noche–. ¿De quién son estas tierras?

–De Buster Granger –respondió mientras se acercaban al borde de la colina–. No nos incordiará mucho si nos descubre. Tiene una pistola, pero no acertaría ni a la de tres. Hasta que no lo operen de sus cataratas...

–¿Y por qué no me siento tan tranquila como tú? –replicó Amelia.

–Porque, y perdona que te lo diga, eres una cobardica –la rodeó con un brazo por la cintura. Amelia sintió una mezcla de emociones contradictorias. La presión de su mano hacía que su cabeza diera más vueltas que una centrifugadora. ¿Cómo era posible que una ofensa sonara tan seductora?–. ¿Se te ha comido la lengua el gato? –le preguntó, acercando la cabeza a la de ella.

Respiró profundamente y lo miró de reojo. Quería demostrarle que no era cobarde, pero la única prueba que podía ofrecerle era que sabía poner un gusano en el cebo de una caña de pescar.

–¿Y por qué me has traído aquí si soy tan cobardica?

–Porque es divertido. Hay muchas cosas que tú no has hecho y puede que yo haya hecho demasiadas. Cuando sobrepasas el límite en exceso, acaba resultando aburrido.

Amelia trató de interpretar los destellos de firmeza y vulnerabilidad que vio en los ojos de Ben. ¿Por qué sentía miedo y atracción hacia él al mismo tiempo?

–Así que tu vida es aburrida –dijo Amelia–. Eres una paradoja. Tan pronto tengo la impresión de que te lo estás pasando bien, como veo un atisbo de algo más profundo.

–Puede, pero no estés tan segura –respondió.

–Pero yo te divierto, ¿no es cierto?

–Probablemente de la misma forma que yo te divierto a ti –contestó, mirándola con intensidad. Amelia prefirió desviar la mirada y deleitarse con la estupenda vista del valle–. Dime más cosas que nunca hayas hecho pero querías hacer –añadió.

–No estoy segura de que sea una buena idea.

–No sería prudente –comentó Ben en tono burlón.

–Nunca he tenido un gatito –dijo, después de suspirar y pensar en algo que fuera inofensivo–. Mi madre y mi padre eran alérgicos.

–¿Qué más?

–Nunca he apostado dinero en una partida de car-

tas –respondió y notó que Ben ponía un gesto de desaprobación–. ¿Qué pasa?

–Lo que yo digo: una cobardica.

No debía picar. Ya era demasiado mayor e inteligente como para no entrar en ese tipo de discusio-
nes...

–Nunca he conducido una Harley.

–Eso sí que es una pena –Ben esbozó una sonrisa
endiablada–. Pero quizá se pueda arreglar.

Capítulo Tres

–No quiero ir a ninguna cita a ciegas –le repitió Amelia con calma, ya por quinta vez.

–No siempre queremos lo que al final es lo mejor para nosotros –Sherry se acercó a la mesa de Amelia–. Además, ¿no decías que ibas a intentar hacer una cosa que te asustara todos los días?

–La idea de una cita a ciegas no me asusta; simplemente, me pone enferma.

–No seas terca: te estoy hablando de un hombre estupendo. Según el análisis de mi ordenador, es tu pareja ideal. Mucho mejor que... –se paró en seco y miró a Amelia intrigada–. No seguirás viéndote con Ben, ¿verdad?

–Lo he visto un par de veces. Nada serio.

–Te has enamorado de él, ¿no es cierto?

–No, no lo es –le aseguró, aunque no estaba tan convencida de ello–. Es sólo que... es diferente.

–¡Te has enamorado de él! –exclamó Sherry.

–Que no, de verdad.

–Entonces, demuéstramelo y sal con Donald Lawrence. Te servirá para salir de casa, conocer a alguien agradable y ayudarte a decidir qué sientes por Ben.

Amelia se apartó el pelo de la cara. Regresar a la vida era duro después de un año sumida en un coma emocional profundo.

–Me lo pensaré –concedió.

Esa tarde, al regresar a casa, se encontró un gatito en una caja delante de la puerta. Era un gatito adorable y juguetón y se enamoró de él a primera vista.

–Voy a matar a Ben –dijo cuando vio las uñas del gato. Cuando creciera, no sería una mascota pequeñita, sino un gato muy grande... que acababa de clavarle las uñas en el tobillo y de rasgarle las medias–. Lo voy a matar –repitió.

Se pasó toda la tarde con el gato. Primero le dio de comer, después jugó con él en el suelo de la cocina y finalmente se lo colocó en el regazo y empezó a acariciarlo. Cuando comenzó a ronronear, Amelia supo que se quedaría con él. Lo miró unos segundos y decidió llamarlo César, pues era evidente que quería hacerse el dueño de la casa. Luego, cuando se quedó dormido, lo metió en una cestita y lo tapó con una sábana.

Se preparó para acostarse y justo cuando estaba abriendo la cama, sonó el teléfono. Era Ben.

–Te voy a matar.

–Me imaginaba que dirías eso –respondió él, después de soltar una risa que estremeció el estómago de Amelia–. Por eso no me he pasado por tu casa esta noche.

–No habría estado mal dejarme un par de instrucciones.

–Pensé que con un poco de comida y la cesta para dormir sería suficiente.

–Estaba nerviosísimo. No ha parado de moverse durante las dos primeras horas.

–Pero tú lo has tranquilizado. Imaginaba que tendrías un efecto sedante en él.

–Ben –dijo manteniendo la calma–, regalar un gato a alguien de buenas a primeras es muy arriesgado.

–Y quien no se arriesga es un cobardica, Amelia –dijo su nombre en un tono que la hizo pensar en un encuentro sexual–. Buenas noches, cariño. Sueña conmigo.

Amelia gruñó algo inteligible. Mientras se metía en la cama y se tapaba con las sábanas, decidió que soñaría con matarlo.

Pero no fue así: soñó que estaba sola y que estaba a oscuras y llovía. Muerta de frío, se abrazaba el cuerpo con fuerza, sentada bajo un árbol. Se sentía vacía y perdida y creía que no tenía pulso ni podía respirar.

Entonces levantó la cabeza y lo encontró frente a ella. A Ben. Y el corazón empezó a latirle de nuevo y el aire volvió a entrar en sus pulmones, en una sensación dolorosa y espléndida al mismo tiempo.

—Te he estado buscando —le decía él mientras la estrechaba entre sus brazos.

El aroma de su chaqueta de cuero, mezclado con el de su esencia varonil penetraba en las venas y la cabeza de Amelia. Entonces él se apoderaba de su boca, y su lengua la saboreaba y la obligaba a que ella saboreara a Ben.

La lluvia seguía cayendo sin descanso y los empapaba. Amelia se hundía más y más en el beso y se apretaba a Ben con más fuerza para absorber toda la vitalidad de éste.

Él deslizaba una rodilla entre sus piernas al tiempo que le acariciaba las nalgas y la atraía hacia sí para que no le cupieran dudas de su excitación. El beso se hacía más feroz y, de pronto, todo empezaba a dar vueltas. La ropa se fundía con su cuerpo como el agua y Ben se agachaba y lamía sus pechos con la lengua. Luego bajaba la mano y la escondía entre las piernas de Amelia, que ya no podía contenerse...

Quería más. Se pegó a él más si cabe y le pidió, rogó y suplicó que siguiera adelante. No tenía pudor alguno, sólo urgencia. Entonces él la miraba y la poseía fogosamente hasta devolverle la vida.

Se incorporó sobresaltada de la cama, asustada, con el corazón latiéndole a cien por hora. Luego se llevó las manos a sus mejillas, que estaban ardiendo del sueño.

Respiró profundo varias veces y volvió a cerrar los ojos. Las gotas caían y se estrellaban contra el cristal de la ventana y rompían el silencio de la noche. Decidió permanecer sentada unos instantes, tratando de calmar sus pensamientos y su cuerpo.

Sólo había sido un sueño, se dijo. Una locura de sueño.

Pero incluso cuando volvió a recostarse sobre la almohada, siguió notando a Ben en su interior.

Ben y su sobrino, Davey, estaban tan ocupados tirándose Smacks que ninguno vio a Maddie hasta que ésta agarró uno de los misiles en forma de cereal.

—¿Jugando con la comida? —preguntó Maddie, mirando a Ben con una expresión de frustración maternal—. ¿Eso es lo que le enseñas cuando te lo dejo los viernes por la noche?

—Vamos, Maddie —protestó Ben—. No pienses que me lo llevo de bares ni le enseño revistas de adultos.

—Ya, pero dale tiempo —replicó Maddie, cuya barbilla recibió el impacto de un Smack que le había lanzado Davey.

—Mami, ¿no te gustan los Smacks?

—Sí, claro que me gustan —Maddie sonrió y se acercó a abrazar a su hijo—. Pero me gusta comérmelos.

—Ben dice que tirarse la comida es de hombres —comentó Davey, encogiéndose de hombros.

—En fin... Gracias por cuidar de mi maravilloso hijo —dijo Maddie, dirigiéndose a Ben—. Hermanito, ¿a qué esperas para tener una relación seria con una mujer y poder jugar a tirar comida con tu propio hijo?

—¿Yo una relación seria? Nunca —aseguró Ben.

—Hablo en serio. Te estás perdiendo algo que podría hacerte muy feliz. Yo sé que detrás de esa fachada de rebelde infatigable eres un tío estupendo.

—¿Por qué será que la gente casada no puede ser feliz sin intentar que los solteros pasen por el aro del matrimonio? —preguntó Ben, al tiempo que colocaba los pies sobre el borde de la mesa, deliberadamente, y se recostaba sobre la silla.

—¿Estás viéndote con alguien ahora? —Maddie prefirió no hacer caso a la pregunta de Ben.

–Sí, pero sólo por entretenerme –respondió, pensando en Amelia–. Nada serio. No es mi tipo.

–¿Por qué? –preguntó Maddie con sequedad–. ¿Prefiere una Kawasaki a una Harley?

–No creo que sepa distinguirlas –respondió sonriente.

–¿Es que no es una motera? –inquirió Maddie, asombrada–. ¡Santo cielo! Pero algún tatuaje sí tendrá, ¿verdad?

Incómodo por la impertinencia de su hermana, quitó los pies de la mesa y se levantó de la silla.

–No estoy seguro, pero supongo que no.

–Espera, espera, no juegues conmigo, Ben. No me estarás diciendo que estás saliendo con una niña *buena*, ¿no?

–Es una niña buena, sí; pero ya digo que no es mi tipo. Ni yo el suyo. Simplemente... –Ben suspiró. Se sentía extraño–, nos divertirmos juntos. Eso es todo.

Ben dobló la esquina que daba a la calle de Amelia y vio un coche desconocido aparcado tras el de Amelia. Redujo la velocidad hasta detenerse por completo y se paró a observar.

Desde una distancia prudente, Ben vio a un hombre salir del coche, abrirle la puerta a Amelia y acompañarla al porche.

¿Tenía una cita? Ben sintió una mezcla de curiosidad e irritación en su interior. ¿Qué más daba? Entre ellos no había ninguna atadura. Amelia le resultaba divertida. Era dulce y tenía algo especial que lo hacía sentirse protector con ella; pero no por eso se iba a pasar las noches en vela.

De todos modos, abrió bien los ojos y vio que el desconocido inclinaba la cabeza como si fuera a besarla. Ben notó una quemazón en el pecho y la sangre se le alteró. Agarró los manillares de la moto con fuerza.

Al ver que Amelia se apartaba y denegaba con la cabeza, Ben se relajó ligeramente. Aunque, en el fondo, seguía bastante tenso. No le gustaba nada esa sensación. Nada en absoluto. Respiró profundo, tragó saliva y se marchó del barrio de Amelia. El ruido del motor acelerando lo ayudaría a despejar su cabeza.

Callejeó por unas y otras avenidas sin rumbo fijo durante media hora, tratando de convencerse de que lo que había sentido al ver a Amelia con otro hombre había sido una equivocación. El placer de notar el viento golpeándole en la cara mitigó el arrebato celoso que había experimentado. Podría haber regresado a casa, pero un hormigueo de curiosidad lo condujo de vuelta a la calle de Amelia.

Cuando ésta abrió la puerta, Ben se apoyó en el quicio de la entrada y sonrió:

–Bueno, ¿por qué no lo has besado?

Amelia pestañeó asombrada. Luego se le encendieron las mejillas.

–Porque no quería –respondió con firmeza.

–Pero a mí sí me has besado –replicó Ben.

–Tú imponías más –contestó, alzando la barbilla.

–Así que te forcé, ¿no? –Ben enarcó las cejas.

–¿Quieres pasar? –preguntó Amelia directamente, después de suspirar.

–Encantado. ¿También invitaste a pasar a don Mercedes Benz? Si piensas volver a verlo, dile que le tienen que arreglar el carburador. Hacía ruido.

–Lo tendré en cuenta –respondió ella, mientras tomaba asiento en el salón.

–No has contestado a mi pregunta –insistió Ben–. ¿Invitaste a pasar a don Mercedes?

–No, no lo invité –contestó, mirándolo a los ojos–. ¿Por qué lo preguntas?

–Curiosidad –respondió, mientras dejaba que ese par de ojos azules lo examinara.

–Era una cita a ciegas. Mi amiga Sherry metió unos cuantos datos en un programa de ordenador y decidió que debía salir con él.

–No fastidies, ¿un programa de ordenador para citas a ciegas? –repitió Ben, incrédulo–. Bueno, ¿y qué te pareció?

–Era un hombre educado, atento, amable...

–Vamos, un plasta –concluyó Ben, al tiempo que ocupaba una esquina de la silla en la que estaba sentada Amelia.

–No era mi intención llamarlo así –curvó los labios hacia arriba.

–Pero ya que lo he hecho yo... –sonrió Ben.

–Ya que lo has hecho –Amelia suspiró. Ese hombre era la persona más perturbadora que jamás había conocido–, te daré la razón. No me llamó la atención.

–¿Por qué será?

–Supongo que no me *asustaba* lo suficiente –respondió. Luego se puso de pie.

–Bueno, señorita Amelia –Ben la agarró por la cintura y tiró de ella hasta tenerla sentada, frente a frente, entre las piernas–, ¿por qué dejaste que yo te besara?

Tiró de ella un poco más, hasta que los pechos le rozaron el torso, y los pezones se le endurecieron. Amelia se sintió enojada y excitada al mismo tiempo, lo cual la permitió comportarse con descaro:

–¿Nadie te ha dicho que eres muy presumido? –le preguntó mientras le rodeaba el cuello con los brazos.

–No suelen decírmelo de una manera tan agradable –esbozó una sonrisa seductora–; claro que tampoco suelo estar en compañía de una chica tan agradable.

Una chica agradable. Amelia sintió un impulso fogoso de no ser tan agradable. Llevaba siendo agradable veintiocho años y, sin embargo, de pronto le molestó que Ben usara ese adjetivo para calificarla.

Éste debió de notar la contrariedad de Amelia. La miró con más intensidad, colocó una mano en la parte baja de la espalda de ella y presionó hasta hacerla sentir su masculinidad.

El corazón le martilleaba contra las costillas. Aquel movimiento había sido una clara invitación al sexo.

En otros tiempos, se habría retirado de inmediato. Con otro hombre, se habría retirado de inmediato.

Pero dejó que Ben siguiera mirándola y Amelia empezó a deslizar el cuerpo sinuosamente contra su excitación.

Él tragó saliva y subió las manos hasta conquistar sus senos, rozándolos por encima del fino tejido de la blusa.

—¿Quieres problemas? —susurró Ben, frotándole uno de los pezones.

—No lo sé —Amelia cerró los ojos. Luego le ofreció la boca—. ¿Los quiero?

Ben tomó sus labios y la atrapó con la lengua. Ella se sintió gloriosamente consumida. Fuera de control, Amelia empezó a acariciarle los hombros, satisfaciendo así su curiosidad.

Ben se estremeció, inclinó los labios hacia uno de sus pechos y le mordisqueó el pezón a través de la blusa.

Amelia gimió y notó que se humedecía. Quería más de Ben y menos espacio entre ambos.

—No me lleves al extremo, Amelia —dijo él, separándose, mirándola con los ojos centelleantes de pasión—. ¿Qué es lo quieres?

—Quiero... —arrancó; pero la voz se le quebró, desbordada por las emociones. Tragó saliva—. Quiero que me hagas sentir que estoy viva.

—Yo no soy ningún Príncipe Azul —Ben respiró profundamente, sin dejar de mirarla.

—Ni yo la Bella Durmiente, no te digo —replicó Amelia.

—Pero podrías serlo —comentó Ben, al tiempo que la apartaba de su lado. Ella tuvo ganas de protestar, pero se contuvo. Había sido tan placentero estar entre sus brazos...—. Mientras que yo nunca seré un príncipe, Amelia. Es importante que entiendas eso. Conmigo no sucederá lo de vivir felices y comer perdices para siempre.

Capítulo Cuatro

Se quedó asombradísimo al ver a Amelia entre el público que asistía al partido de baloncesto de pretemporada entre la Universidad de Salem y Randolph Macon. Llevaba una blusa muy femenina con un vestido que cubría justo hasta debajo de las rodillas, zapatos planos, y su indómito pelo, recogido por detrás.

Era muy sencillo recordar lo bien que se había sentido rozándola; demasiado sencillo recordar lo mucho que había deseado poseerla allí mismo, sobre la silla de su salón. Pero Ben sabía que ella no estaba a su alcance. Por eso no había vuelto a verla ni a llamarla.

Se dijo que podía dejar de mirarla si quería, pero no lo logró. Amelia seguía el partido con los ojos bien abiertos. Había en esa mujer una mezcla de dulzura y fuego contenido que lo atraía. Sintió un calambre extraño al verla de pie, festejando una de las canastas.

Pensó que la evitaría, como lo había hecho durante las anteriores dos semanas; pero el destino quiso que Amelia mirara hacia él... un segundo. Luego desvió los ojos hacia otra parte, adrede. Ben sintió una mezcla de irritación y diversión al mismo tiempo. De alguna manera, acababan de darle calabazas.

Ben supuso que el comportamiento socialmente aceptado sería no hacerse caso el uno al otro. Sin embargo, en sus veintinueve años de existencia sobre el planeta, rara vez había optado por ese tipo de comportamiento. Se levantó de su asiento y se dirigió hacia ella.

–No sabía que fueras amante del baloncesto –le dijo al acercársela.

–No lo soy –respondió sin dejar de mirar a la cancha–. Pero tengo un alumno con una beca de baloncesto que necesitaba un poco de apoyo. Acordamos que él revisaría un trabajo de Historia si yo iba a verlo jugar un partido de baloncesto.

–¿Por hacer una cosa al día que te asuste? –quiso saber Ben.

–Mirar no me da miedo. Jugar sería distinto.

Entonces llegaron al descanso del partido y Amelia saludó a uno de los jugadores, el cual devolvió el saludo tanto a ésta como a Ben.

–Es Jerry –dijo él–. Es uno de mis chicos.

–¿Tus chicos? –repitió Amelia, ahora sí, mirándolo.

–Sí –Ben se encogió de hombros–. Echo un partidillo de baloncesto todas las semanas con algunos chavales de la Liga Junior. Jerry es uno de los mejores.

–Es el que tiene que revisar el trabajo de Historia –comentó Amelia, confundida–. ¿Y juegas con él al baloncesto?

–Sí, y ya le he advertido sobre los riesgos de tomar malas decisiones. Jugar en la Liga Junior es una forma de evitar que los jóvenes se metan en problemas, pero tampoco debe volcarse en exceso y descuidar los estudios.

–Pero, ¿no eres tú el primero que ha tenido problemas con la ley y que no ha querido ir a la universidad? –replicó, todavía confusa, después de unos segundos en silencio.

–Sí, pero fueron problemas tontos, sin importancia, y tampoco me va mal con mi trabajo –Ben se preguntó cómo se habría enterado Amelia de aquello–. El entrenador del grupo dice que soy el ejemplo perfecto de cómo un chico malo puede convertirse en bueno.

Amelia asintió lentamente, como si no terminara de estar convencida. Luego desvió la mirada y se dispuso a alejarse de Ben:

–Bueno, disfruta del partido –se despidió.

–No hace falta que te vayas tan rápido –la detuvo Ben, sorprendido por aquel desplante–. ¿Qué ha sido de tus modales, señorita Amelia?

–¿*Mis* modales? –repitió abriendo mucho los ojos. Respiró profundo y elevó la barbilla–. Creo que eres tú quien me debe una disculpa; aunque imagino que no estás muy acostumbrado a decir «perdón» o «lo siento» –añadió, sin permitir que Ben la interrumpiera.

–¿Una disculpa? –dijo Ben, confundido–. ¿Por qué diablos te debo una disculpa?

–¿Por qué? –Amelia miró a su alrededor y superó la vergüenza de discutir en público–. Porque diste por sentado un detalle importante.

–¿Y qué di por sentado exactamente? –preguntó Ben, que tuvo que realizar un gran esfuerzo por no comentarle lo guapa y sexy que estaba cuando se enfadaba.

–Diste por sentado que yo querría vivir feliz y comer perdices contigo para siempre. Pues te diré algo, señor... –denegó con la cabeza, como si estuviera tan disgustada que ni siquiera pudiera recordar su nombre.

–Señor Palmer –la ayudó Ben, el cual, más allá de la indignación de ésta, notó una veta de dolor en los ojos de Amelia que lo desgarró.

–Señor del Baloncesto –corrigió ella–. Yo ya he tenido mi cuento de hadas y no terminó felizmente; de modo que no estoy buscando ningún final feliz con ningún hombre en estos momentos. Y mucho menos contigo.

Se dio media vuelta y Ben la siguió, pasando por alto el tono despectivo con que había dicho lo de «señor del Baloncesto». Le dio alcance cuando ya estaba saliendo de la cancha del gimnasio.

–Espera –dijo él.

–No pienso hablar contigo. Me has insultado. Me debes una disculpa y *sé* que eres el tipo de hombre incapaz de admitir que se ha equivocado.

–Amelia –insistió Ben, tratando de controlar su genio–, creo que me malinterpretaste. Yo...

–No, no te malinterpreté –lo interrumpió, sin dejar de andar–. Y no pienso hablar contigo.

–Por supuesto que sí –aceleró el paso para amoldarse al de Amelia.

–No. Voy a un sitio donde ni siquiera tú puedes entrar.

–¿Dónde, si puede saberse?

–Al servicio de mujeres –contestó, dándole casi con la puerta en las narices.

Ben colocó las manos sobre las caderas y respiró profundamente. Aquella conversación había sido intolerable. Su relación, si es que podía llamarse así, era intolerable. Ella no era la clase de mujer con la que estaba acostumbrado a verse; era demasiado vulnerable y emotiva.

Odiaba la idea de hacerle daño. Por eso la había advertido la noche anterior. No tenía nada que ver con que estuviera confundido sobre lo que sentía hacia ella.

Ben maldijo. Le disgustaba reconocerlo, pero Amelia tenía razón en algunas cosas. Por otra parte, se equivocaba en otras, y él se lo iba a demostrar. Para empezar, eso de que no podía entrar en el servicio de mujeres era una estupidez.

Abrió la puerta y anunció su presencia para avisar al resto de las mujeres, aunque sólo había una, aparte de Amelia, y se marchó en seguida.

–¿Te has vuelto loco? –le preguntó ésta, mirándolo a través del espejo–. Se supone que no puedes entrar aquí. Es el servicio de mujeres.

–No es la primera vez –dijo Ben.

–Por favor, no quiero oír nada más –aseguró Amelia, cerrando los ojos.

–Claro que quieres. Atenta: siento haberme comportado como un imbécil.

–¿Cómo dices? –abrió los ojos, asombrada.

–Típico de las mujeres: no basta con decir las cosas una sola vez; hay que repetirlas. Por última vez –suspiró–, siento haberme comportado como un imbécil.

–Tenemos que salir de aquí –murmuró después de unos segundos en los que pareció bella y asombradamente desconcertada, incapaz de articular palabra.

Amelia salió del servicio y Ben le sujetó la puerta a una mujer que entraba en esos momentos, la cual le dio las gracias con cierto rubor.

–Ahora tienes que cumplir tu parte del trato –le dijo Ben, ya en el exterior.

–¿Cuál es mi parte del trato?

–Tienes que hablar conmigo –respondió Ben.

–De acuerdo –contestó después de vacilar unos segundos.

Ben estaba siguiendo sus instintos; instintos que podían ser muy peligrosos. Pero la deseaba por encima de todas las cosas.

–Te doy una vuelta en moto hasta la heladería.

–No estoy vestida...

–¿Para que te secuestre? –atajó Ben, adelantándose a la negativa de ella. De nuevo sintió una excitación incomparable. Se preguntaba cómo era posible que una mujer tan fina pudiera resultarle tan provocativa. Y estaba decidido a encontrar la respuesta.

–Para montar en moto –matizó Amelia.

–Valiente excusa.

–Además, estamos en noviembre. Hace demasiado frío para tomar helados.

–Más excusas de cobardica.

–Le prometí a Jerry que vería el partido.

–De acuerdo –concedió Ben, aunque no estaba dispuesto a darse por vencido–. Iremos luego.

–¿Qué quieres? –le preguntó Ben.

Todavía no podía creerse que él le hubiera pedido

disculpas. Al mirar el mostrador con los distintos sabores de la heladería, le entró un escalofrío.

–Una taza de chocolate caliente y un baño más caliente todavía –respondió.

Ben sonrió y la miró de arriba abajo.

–El vestido es bonito, pero es demasiado fino. Es normal que estés congelada –frotó sus manos contra los brazos de Amelia, para darle calor.

–Ya te dije que no iba vestida para montar en moto.

–Hola, Ben –lo saludó el camarero de la heladería–, ¿no estarás asaltando a mis clientes?

–No. Y deberías darme las gracias. Estoy usando mi influencia para traerte nuevos clientes.

–Influencia... –repitió en voz baja y queda Amelia.

¿Qué tipo de locura se apoderaba de ella cada vez que estaba junto a Ben? ¿Por qué se había congelado de frío para acompañarlo a tomar un helado? Cada vez que pensaba que ya lo había calado, Ben hacía algo que la despistaba y le ofrecía una nueva perspectiva de su personalidad. Cada vez que intentaba convencerse de que no merecía la pena seguir con aquella relación, Ben hacía algo diferente que despertaba su curiosidad de nuevo.

Había llegado a la conclusión de que era un hombre egoísta e insensible; pero le había pedido disculpas. Había pensado que no sería atento; pero, incluso en esos momentos, estaba intentando calentarla. El corazón de Amelia latió a un ritmo desenfrenado.

–Tienes razón: te he torturado –dijo Ben, cubriéndole la fría nariz con los dedos–. Déjame que te compense. ¿Qué quieres?

–Algo caliente. Algo muy, muy caliente.

–Eso lo puedo arreglar yo solo –esbozó una sonrisa sexy y le dio un beso fugaz en los labios.

–¡Ben! –una mujer lo llamó, sorprendida y complacida a partes iguales.

–Maddie –dijo él, después de darse la vuelta–. ¿Qué haces aquí?

Una mujer atractiva, pelirroja y de ojos marrones avanzó hacia ellos con curiosidad.

–Iba de camino a casa y decidí comprar un poco de helado para Davey y Joshua –Maddie sonrió y escudriñó a Amelia con la mirada–. Preséntanos –le ordenó a su hermano.

–Amelia –arrancó Ben, tras dar un suspiro–, mi hermana, Maddie.

–Encantada de conocerte –dijo la primera.

–Lo mismo digo –Maddie estrechó la mano de Amelia efusivamente–. Por lo general, no suelo tener la oportunidad de conocer a...

Ben carraspeó y lanzó una mirada amenazante a Maddie.

–A las amigas de Ben –corrigió la hermana sobre la marcha–. Está tan ocupado que nunca encontramos el momento para salir todos juntos... ¿Hace cuánto os conocéis?

Amelia miró a Ben, el cual daba la impresión de querer que la tierra se lo tragara.

–No mucho –respondió–. Ben me está enseñando a montar en moto. Es algo que siempre he querido aprender.

–¿De veras? –preguntó Maddie, después de mirar el vestido de Amelia.

–Bueno, hoy no –dijo Amelia–. Simplemente nos hemos encontrado en el partido de baloncesto del equipo de Salem. Doy clases de Historia en la universidad.

–Así que eres profesora de Historia –repitió Maddie, que no podía creerse lo que acababa de oír. Miró de reojo a Ben, como pidiéndole una explicación.

–Sí –insistió Amelia, la cual intuyó que a Ben no le gustaba hablarle a su hermana de sus relaciones–. ¿Te licenciaste en esta universidad? –añadió.

–No. Dejé los estudios después del instituto; aunque hace tiempo que quiero apuntarme a algún curso en la universidad –Maddie miró el reloj–. Oye, no tengo que

48

volver a casa inmediatamente y me encantaría quedarme un rato con vosotros, haciéndoos compañía. No os importa, ¿verdad? –añadió, mirando a Ben.

Ben emitió un extraño sonido y, de pronto, Amelia notó que las miradas de ambos hermanos se clavaban en ella. Incómoda, se encogió de hombros y se dirigió a Ben.

–A mí no me importa que...

–Genial –atajó Maddie al instante.

Durante la siguiente media hora, Maddie trató a Amelia amigablemente. Se mostró amable cuando se enteró del fallecimiento del esposo de ésta y expresó su admiración por su trabajo como profesora. Luego los entretuvo con diversas anécdotas de la infancia de Ben, cuya expresión era casi la de quien está siendo sometido a una tortura china. Para cuando Maddie concluyó, Amelia ya había oído unos cuantos pasajes del pasado de Ben.

–Así que formabas parte del Club de los Chicos Malos –comentó ella, una vez se hubo marchado Maddie.

–Era un club de acceso restringido –la informó Ben–. No todos podían ser miembros.

–Ya me imagino –Amelia rió–. Prefiero no pensar cuál era la prueba de acceso.

–No era tan terrible: todos queríamos tener un tatuaje.

–Supongo que a vuestras madres las entusiasmaría la idea de que os marcarais la piel para toda la vida –comentó Amelia. Ben se quedó un buen rato mirándola en silencio y ella tuvo una sensación rara–. ¿Tú no te tatuaste? –añadió, bajando la voz.

–No mientras estuve en el Club de los Chicos Malos –confesó él–. Después sí.

–Pero yo no lo he visto –Amelia tragó saliva–. ¿Y por qué te tatuaste después, cuando ya...

–No lo has visto –Ben le cubrió la boca suavemente con una mano–, porque mi ropa lo tapa la mayoría del tiempo.

–¿Tienes un tatuaje en el... trasero! –susurró estupefacta.

–No, en el brazo –Ben sonrió–. Es una serpiente.

Amelia lo miró como si a éste le hubiera crecido una segunda cabeza. Aunque no lo repetiría en presencia de nadie más, reconoció que en más de una ocasión le habría gustado poder quitarse el tatuaje. Se inclinó hacia ella y rozó su labio inferior con el pulgar.

–¿Quieres ver mi serpiente? –le preguntó Ben. Aunque él no se lo impedía, Amelia no lograba apartar el labio de su dedo.

–No es necesa...

–Cobardica –la provocó, sin dejar de deslizar el pulgar por su boca.

Los ojos se le ensombrecieron y Amelia clavó sus perfectos dientes blancos en el pulgar de Ben.

–¡Au! –exclamó éste, más sorprendido que otra cosa.

Espantada, Amelia se echó hacia atrás y se cubrió la boca con una mano, mientras se ponía roja como un tomate.

–Lo siento. Lo siento mucho. No puedo creer que haya hecho algo así –tomó el pulgar de Ben y denegó con la cabeza–. No sé qué me ha pasado. Nunca había mordido a nadie en mi vida. Ni siquiera de pequeña...

–Tampoco es tan grave –comentó Ben, quien se compadeció de ella al verla tan mortificada.

–Sí, sí que lo es. Tú no lo entiendes: ¡yo *nunca* había hecho algo así! ¡Eres tú! –exclamó, elevando la voz–. Me estás volviendo loca. Me estás... –se detuvo, como si estuviera buscando las palabras adecuadas.

Ben sentía una especie de lástima por Amelia, aunque, al mismo tiempo, estaba haciendo grandes esfuerzos por no soltar una carcajada.

–Me estás haciendo *hacer cosas* –prosiguió ella, poniéndose de pie–. Locuras. Tú tienes la culpa.

–De eso nada –replicó Ben, levantándose igualmente–. No me dirás que encima he sido yo el que te ha pedido que me muerdas.

–Para el caso, como si me lo hubieras pedido: llamarme cobardica ha sido una provocación evidente –contestó Amelia. Entonces, de pronto, se detuvo–. ¿Será posible?, ¿pero qué estoy diciendo?

–Cálmese, señorita Amelia –dijo Ben–. Sólo ha sido un mordisquito de nada. Me los han dado peores.

–¿Es que me vas a contar ahora todas tus hazañas sexuales? –preguntó en voz alta–. Necesito un poco de aire fresco –añadió entonces, para dirigirse al segundo hacia la salida.

–Estás teniendo una reacción exagerada –le comentó Ben, fuera ya de la heladería.

–No lo creo. Yo nunca...

–Bueno, quizá deberías haberlo hecho antes –la interrumpió, mientras le agarraba un brazo y la giraba para mirarla a la cara.

Amelia se quedó en silencio, mirándolo a los ojos, como si estuviera bebiendo agua de un vaso. El brillo azul de los ojos de Amelia llegó al alma de Ben.

–Quizá deberías haber mordido a otras personas –repitió éste, acercándola hacia su cuerpo–. Y si eso te hace sentir mejor, Amelia, puedes morderme siempre que quieras –añadió, sorprendido por la sensual ronquera que percibió en su propia voz.

Amelia no estaba segura exactamente de qué era, pero sabía que algo había cambiado en ella desde que había conocido a Ben, y no era nada malo. Estaba empezando a mirar las cosas desde una nueva perspectiva. Después de tantos años intentando complacer a Charles, ahora sólo debía preocuparse de complacerse a sí misma.

Era una sensación liberadora y retadora al mismo tiempo; retadora, porque no siempre estaba segura de qué era lo que quería.

Preparaba nuevos platos con nuevos ingredientes, había comprado nuevos discos, había contemplado la posibilidad de ponerse otro tipo de ropa y hasta había pensado en cortarse el pelo.

Un día, un catálogo de lencería que había llegado a su empresa aterrizó en su mesa de trabajo. Normalmente lo habría pasado sin mirarlo ni un segundo; pero en esta ocasión, lo abrió para echarle un vistazo.

—Tengo otro soltero para ti. No es tan... —Sherry se quedó sin palabras al darse cuenta de que Amelia estaba mirando el catálogo de lencería—. ¡Santo cielo! No dejas de sorprenderme, Amelia. ¿Vas a comprarte ropa interior de chica mala?

—Sólo estaba mirando —Amelia se negó a sonrojarse.

—Estás *mirando* muchas cosas últimamente, ¿no?

—Sí. Intento descubrir qué me gusta y qué no —Amelia sonrió—. Es extraño estar haciendo esto con veintiocho años; pero me he dado cuenta de que nunca he tomado una sola decisión que no estuviera fuertemente relacionada con algún deseo de Charles.

—¿Y qué pinta Ben Palmer en todo esto?

—Me vuelve loca —Amelia suspiró.

—Loca... ¿bien?, ¿o loca mal?

—Las dos cosas; pero no te preocupes —le dijo—. Sé que es una relación pasajera; que no estará cerca mucho tiempo. Ya hemos sentado las bases.

—¿Y son?

—Nos divertimos juntos y ninguno de los dos pretende un final feliz con perdices para siempre —cambió de tema y señaló una foto del catálogo—. ¿No son incómodos esos sostenes tipo body?

—¿Ésos que parecen que te van a subir los pechos hasta la barbilla? —replicó Sherry con ironía—. El hombre que los concibió tenía que ser un zote en aerodinámica... Hasta operarse resultaría menos doloroso. Pero si quieres ir introduciéndote en estas historias, creo que deberías empezar con estas medias –le señaló unas de un conjunto con ligueros.

–¿En noviembre? –Amelia puso cara de pocos amigos–. Seguro que se pasa mucho frío.

–Amelia –Sherry cerró el catálogo–, ¿estás segura de que no estás jugando con fuego, viéndote con Ben Palmer?

–No estoy jugando con fuego y no me voy a quemar, porque no me he hecho ningún tipo de ilusiones –contestó después de pensar unos segundos–. Es un hombre muy diferente... No es que yo tenga mucha experiencia; pero está claro que no es la clase de persona con la que suelo relacionarme.

–Bueno –Sherry enarcó las cejas–, te aseguro que tú tampoco eres la clase de mujer con la que él suele relacionarse.

–Me alegra que hayas venido, Ben –dijo Jenna Jean Michaels con una sonrisa en los labios–. Parece que por fin vas madurando y ya no te metes en follones con la ley.

–Haría cualquier cosa por echarles mano a tus pastas –respondió Ben–. Hasta me presentaría voluntario para hacer de Papá Noel en la fiesta de Navidad.

–Oye, nadie mete mano a las pastas de mi esposa salvo yo –intervino Stan Michaels, poniendo acento de gángster–. No quisiera tener que hacerte daño, pequeño.

–¿Hacerme daño?, ¿tú? –le siguió el juego Ben, recordando los tiempos en que ambos eran miembros del Club de los Chicos Malos.

–No escupáis –dijo Jenna–. Si vais a hacer ese saludo estúpido de estrecharos la mano después de escupir en ella, podéis llevaros las pastas a la calle.

Ben le sopló un beso y tomó una pasta. Conocía a Jenna Jean y a su travieso marido, Stanley Michaels, casi desde que había nacido. Jenna Jean se había convertido en abogada y Stanley se había hecho médico. Los dos tenían muchos compromisos sociales y estaban dando una fiesta informal para recaudar fondos con vistas a la fiesta de Navidad.

–Hablé con Maddie hace dos días –comentó Jenna, después de pasarle una lata de cerveza–. Dice que tu nueva novia es muy diferente: estudios universitarios, sin antecedentes penales, sin tatuajes...

–No es mi novia –aseguró Ben, que se puso a la defensiva de inmediato–. Sólo es una amiga.

–Sí, claro –replicó Jenna, sin creer a su amigo–. Y si no estás saliendo con ella, ¿por qué os estabais besando el otro día en la heladería?

–Me parece una pregunta interesante –presionó Stan.

–No es mi novia –repitió Ben–. No es mi tipo.

–Puede que precisamente por eso la cosa pueda funcionar –alentó Jenna, animosamente.

–Es demasiado modosa –murmuró Ben–. No imagináis lo que me sorprendió que se atreviera a morderme.

–¡Te mordió! –exclamó Stan, que se echó a reír acto seguido–. Bueno, está claro que hay posibilidades. Acuérdate de cuando Jenny Jean me mordió siendo pequeños. Hasta me dejó señal.

–Nunca te olvidarás de esa historia, ¿eh? –Jenna suspiró profundamente y le dio un beso a su marido en la mejilla–. Perdón por entremeterme, pero quiero conocerla –se dirigió a Ben.

–¿Es una orden real? –preguntó éste.

–Por supuesto –replicó Jenna en broma–. Pero en serio, Ben, probablemente sea bueno que no sea tu tipo –añadió.

Puede que fuera una buena cosa, pero Ben ya había decidido que él y Amelia no iban a ser amantes por mucho que la idea lo tentara. Jamás.

Capítulo Cinco

Amelia no se dio cuenta de la fecha hasta mediado el día. Tenía una extraña sensación de vacío; pero prefirió no darle importancia. Al fin y al cabo, tenía esa sensación muy frecuentemente. Era sábado, motivo por el que había vagueado un rato más en la cama. Luego se había hecho la manicura. Aunque no saldría en la portada de los periódicos, se había pintado las uñas color frambuesa. No podía dejar de mirárselas y sonreír.

Después dio un paseo hasta la tintorería para recoger un par de prendas y se acercó al supermercado. Durante toda la mañana y toda la tarde había sentido algo difuso punzándole las entrañas. Resultaba curioso que no se diera cuenta hasta estar en la frutería: había esquivado las naranjas automáticamente, porque Charles siempre había preferido los plátanos y las manzanas. Sólo entonces recordó que, de estar vivo, ese día sería el cumpleaños de su difunto marido.

El corazón se le paralizó un segundo: ¿de veras lo había olvidado? Notó una inquietud que le oprimía el pecho. ¿Qué decía de ella tamaño despiste? Amelia no quería olvidar a Charles. Él había sido una parte importante de su vida desde la infancia.

Terminó de hacer la compra a toda velocidad y regresó a casa. Una vez hubo colocado todo, no supo qué hacer para entretenerse. No quería hablar por teléfono con su madre y recordar. Ni quería llamar a un amigo nuevo que no hubiera conocido a Charles. Ni quedarse en casa.

Desesperada, agarró un viejo álbum de fotos y se fue a pasear a un parque. A Charles siempre le había gustado pasear.

Cuando estaba a punto de dejar de esperarla, Ben vio que Amelia llegaba por fin a casa. Habían quedado informalmente para salir juntos esa noche, pero no habían fijado una hora concreta.

–Hola, señorita Amelia –la saludó Ben, bajándose de la moto, mientras ella se dirigía al porche de su casa.

–¡Ben! –exclamó Amelia, girándose en dirección a éste–. No te había visto.

–Eso me había parecido –se acercó a ella–. Empezaba a preguntarme si me habían dado plantón.

–Se me había olvidado. Lo siento... Se me había olvidado por completo. He estado muy distraída todo el día –se disculpó. Abrió la puerta y lo invitó a pasar–. Ha sido un día raro –añadió.

–Raro –repitió Ben, intentando descifrar el significado de tal palabra. Algo no iba bien: tenía el pelo revuelto e iba vestida de calle, con unos vaqueros cualquiera. Parecía nerviosa y descentrada y no paraba de juguetear con el álbum que llevaba en la mano–. ¿Qué es eso? –preguntó.

–Ah –miró hacia abajo y se encogió de hombros–. Sólo un álbum de fotos. ¿Te apetece tomar algo?

–¿Qué te pasa? –le agarró un brazo antes de que pudiera marcharse.

–Nada –respondió, aunque los ojos le brillaron con lágrimas no derramadas.

–¿Adónde has ido hoy? –prosiguió Ben, que se sentía protector con ella.

–A hacerme la manicura y a la frutería –respondió con la voz quebrada. Dio un suspiro profundo y el dolor de sus ojos se hizo más visible–. Y al parque... Es que hoy habría sido el cumpleaños de Charles y no sabía qué hacer... Digamos que nunca he leído ningún artículo sobre qué debe hacerse en el día de cumpleaños de tu difunto esposo. Casi lo olvido incluso. Me sentía tan culpable... ¡Vaya!, ¡seguro que es mi madre! –exclamó de pronto Amelia, después de que sonara el teléfono.

–¿Quieres que responda yo?

–No –emitió un sonido parecido a una risa–. Será mejor que hable yo.

Ben tomó el álbum de Amelia con una mezcla de sentimientos extraños y se sentó en una silla mientras ella charlaba con su madre. Miraba alguna foto distraídamente mientras oía a Amelia hablar sobre Charles y la vida en común pasada. Las fotos del álbum habían capturado los primeros encuentros que habían compartido, junto a una fuente, yendo al colegio, patinando... Se preguntó si era posible tener envidia de una persona que estaba muerta, aunque lo cierto era que sintió una nostalgia indescriptible al ver las fotos de Amelia de niña y adolescente. No podía explicarlo, pero deseó haberla conocido entonces.

Deseó haberla conocido cuando le faltaban los dos dientes del centro y, luego, cuando nadaba con flotador. En todas sus fotos, en las que era una niña pequeña y en las actuales, veía la misma chispa amable y brillante en los ojos de Amelia.

No pudo evitar apreciar, viendo las fotos, que Charles se había ido volviendo más y más conservador con el paso de los años. Gran parte de la imagen que Amelia ofrecía reflejaba esa tendencia conservadora de su marido, salvo por aquella chispa de los ojos. Sin saber cómo se le vino la idea a la cabeza, Ben pensó que, tal vez, Charles no había sido el mejor hombre para ella.

Se tragó una imprecación por devanarse la cabeza con tales consideraciones y cerró el álbum. Daba igual lo que Ben pudiera pensar. El hecho cierto era que Charles había sido el marido de Amelia, y que ahora estaba muerto.

Ésta desenrolló el cordón del teléfono y esbozó una sonrisa triste:

—Sí, mamá. Recuerdo la primera vez que vi la nieve cuando fui a la montaña con su familia. Él me enseñó a patinar y a esquiar. Empezamos a tirarnos bolas de nieve y acabé con un ojo morado.

De alguna manera, Ben sentía cómo si estuviera violando la intimidad de Amelia; pero, por otra parte, tenía la impresión de que ésta quería que se quedara a su lado.

—Lo siento —dijo ella después de colgar, acercándose a Ben—. Veamos, ¿dónde estábamos? Creo que te iba a traer algo para beber.

La mirada lejana que observó en los ojos de Amelia le retorció las entrañas.

—No, me estabas hablando de tu paseo por el parque —respondió Ben, sentándola sobre su regazo.

—En realidad no quieres que te hable de esto —cerró los ojos—, porque al final acabaré llorando y estoy segura de que te parece un incordio cuando las mujeres se ponen a llorar.

En efecto, por lo general, Ben habría echado a correr al ver las primeras lágrimas de una mujer; pero, por lo que fuera, Amelia le recordaba a una niña desamparada. La estrechó contra el pecho y la abrazó.

Y Amelia lloró. Durante varios segundos, lloró sobre su hombro, humedeciéndole la chaqueta de cuero con sus lágrimas. Cuando por fin levantó la cabeza, sacó un pañuelo de un bolsillo y se sonó la nariz con delicadeza.

—Realmente no lo echo tanto de menos —afirmó. Luego pareció aterrada—. Eso suena horrible, ¿no?

—Vas a tener que esforzarte mucho para que algo que tú digas suene horrible —respondió Ben, denegando con la cabeza.

—En parte me siento culpable por seguir adelante —Amelia suspiró—; pero no quiero pasarme el resto de mi vida en duelo. Quiero tener otra pelea a bolazos de nieve. Quiero montar en moto. Quiero comer naranjas.

–¿Naranjas?

–A él no le gustaban; pero a mí sí. Quiero tener una vida. Quiero vivir.

–Pero no hay nada de malo en eso.

–Entonces, ¿por qué me siento tan mal?

–Es posible que exista alguna explicación psicológica profunda, como que te sientes culpable porque muriera en el accidente y tú no –Ben se dio cuenta de que Amelia estaba desesperada por encontrar un rayo de luz, cierta ligereza que relajara la tensión–. O quizá es que simplemente eres muy cobardica –añadió con irreverencia.

Tal como deseaba, logró que Amelia esbozara una sonrisa sincera y llegó a soltar una ligera risilla.

–Me temo que podías haber conseguido algún plan más atractivo que pasar la noche con una mujer llorona –comentó ella.

–Tampoco me va tan mal –Ben le apartó un mechón de pelo de la cara–. Tengo a una mujer preciosa sentada sobre las piernas.

–Eres muy amable –Amelia lo miró a los ojos y llevó un dedo hacia la barbilla de Ben– para llevar una serpiente tatuada.

Ben notó una descarga eléctrica. Le gustaba sentir su cuerpo, suave y cálido, contra el suyo; su trasero acomodado sobre sus piernas. Consciente de que estaba en un momento vulnerable, Ben luchó por contener sus deseos.

–¿Quieres verme el tatuaje ahora? –le preguntó mientras se despojaba de la chaqueta. Luego se subió la manga de una camisa blanca y dejó sus bíceps al descubierto.

–Es una cobra –comentó Amelia. Se mordió un labio y lo miró–. ¿Qué locura te entró para tatuártela?

–Me había bebido una botella entera de tequila. Lo último que recuerdo es haber bailado unos minutos en el bar de Carlos & Charlie. Al día siguiente, amanecí en la playa con la cobra en el brazo.

–Debo reconocer que es la primera vez que estoy tan cerca de un tatuaje –dijo Amelia, deslizando un dedo por los bíceps de Ben.

–Es una gran responsabilidad iniciarte, pero alguien tenía que hacerlo –bromeó él. Luego sintió una dentellada en el estómago–. Ojalá hubiera sido yo también quien te puso el ojo morado durante tu primera batalla con bolas de nieve.

–No sé cómo debo tomarme eso –comentó Amelia, sin dejar de acariciarlo, mirándolo de reojo.

–Me habría gustado haberte conocido cuando eras pequeña –añadió Ben, que de nuevo pasó una mano por el cabello de ella.

–Pero yo era una cobardica.

–De eso nada –denegó con la cabeza–. La cobardía es un comportamiento aprendido. He echado un vistazo a tus fotos y, en el fondo, ocultabas a una fierecilla.

Amelia introdujo una mano bajo la manga de su camisa y lo miró con una expresión indescifrable:

–¿Y ahora? –Amelia pestañeó y el corazón de Ben dio un vuelco, excitado por las caricias que aquella mano le estaba haciendo en el hombro.

–Ahora estás dejando salir a la fiera que llevas dentro.

Ella lo miró detenidamente y Ben sintió el impacto de su mirada como una caricia descarada. Ella lo quería. Lo más probable era que no tuviera ni idea de en qué se estaba metiendo; pero ella lo quería. Y eso lo excitó. Amelia no se parecía a ninguna de las mujeres que había conocido. Era mucho más delicada y, con todo, veía en ella un instinto salvaje.

Resuelto a no seducirla, dejó la cabeza en blanco y esperó a que pasara aquel momento de abismo. Porque pasaría. Amelia se calmaría, recuperaría el juicio.

Sin embargo, acercándose a él milímetro a milímetro, Amelia elevó la boca y susurró:

–Gracias –y luego lo besó.

Deslizó sus frágiles dedos por el pelo de Ben, por la nuca, y lo invitó a que sus labios se encontraran. Abrió la boca, mordisqueó el labio inferior de Ben y luego buscó su lengua.

Era demasiado excitante, demasiado erótico para resistirse. Ben se preguntaba cómo era posible que una mujer pudiera hacer tan poco y tantísimo al mismo tiempo. Incluso a través de la blusa de ella y de la camisa de él, podía notar el roce de sus pezones endurecidos contra su pecho. Se preguntó si Amelia sería consciente de lo excitado que estaba. Ésta, por su parte, se movió sinuosamente entre las piernas de él.

Ben gimió. Se preguntaba cuánto tiempo podría jugar con Amelia sin llegar a poseerla; hasta dónde podía llegar sin excederse.

Amelia frotó su boca de atrás hacia adelante contra los labios de Ben y éste empezó a sudar:

–¿Tienes calor? –murmuró ella.

–Mucho –respondió mientras le sacaba la camisa por fuera de los vaqueros.

–Yo también –susurró, desabotonándole la camisa para, acto seguido, llevar las manos hacia su pecho.

Y Ben llevó las suyas a los pechos de Amelia, la cual emitió un suave gemido y se apretó contra él. Todos sus movimientos, cada uno de sus gestos y de sus resuellos estaban pidiendo más.

Ben hundió la cabeza en su cuello y aspiró su dulce y seductora fragancia mientras jugueteaba con sus pezones. Con la otra mano le desabotonó los vaqueros y sus dedos se abrieron paso bajo la ropa interior, para comprobar si ella quería parar.

Sin embargo, Amelia buscó de nuevo su boca con urgencia y se apoderó de sus labios en un beso enloquecedor. El pulso de Ben palpitaba en todas sus zonas erógenas. Quería verla desnuda, tumbada junto a su propio cuerpo, también desnudo. Quería ver su pelo cayendo sobre su torso mientras se besaban íntimamente. Quería que se humedeciera para él. Quería estar dentro de ella.

Deslizó una mano entre sus muslos y la notó húmeda y deseosa. Y siguió adelante. Frotó el suave centro de su feminidad y ella emitió un gemido tan sexy que Ben habría pagado sólo por oírlo.

Introdujo un dedo dentro de ella y Amelia jadeó y se echó a temblar. Se estremeció entre sus brazos, pero no dejó de apretarle la boca, besándolo sin aliento, sensual e interminablemente. Cuando bajó la mano hacia la cremallera de Ben, éste la detuvo.

–¿Por qué? –preguntó ella, cuyos ojos centelleaban, desbordados de pasión.

–No es el momento adecuado –logró decir, aunque no comprendía por qué sentía esa extraña necesidad de hacer lo correcto y parar. La pasión le nublaba la cabeza, pero un instinto más profundo lo obligaba a detenerse. Jamás había experimentado algo similar, lo cual lo tenía absolutamente desconcertado.

–Es justo –insistió ella, bajándole la cremallera, susurrando en un tono que suponía una tentación casi insoportable. Si seguía tocándolo...–. Tú me has hecho volver a...

–No se trata de justicia –replicó Ben, después de tragar saliva, denegando con la cabeza–. Es que...

–¿Qué?

–Es una locura –se resistió, a pesar de las urgencias de su cuerpo.

–Quiero tocarte –presionó Amelia–. Quiero...

–Tú no sabes lo que quieres en estos momentos –la interrumpió, poniéndole una mano en la boca–. Todavía echas de menos a tu esposo. Ya estamos bastante confundidos con lo que ha pasado esta noche. No hace falta llegar al final y perder la cabeza por completo –añadió, frustrando las expectivas de Amelia.

–Darás tu primero lección aquí –le dijo Ben, mientras colocaba su Harley en un sendero–. Montarás en una de esas motos pequeñas. Conozco al dueño y me ha dejado las llaves de una –añadió, apuntando a una en concreto.

–Esto no me asusta –dijo Amelia, en referencia a su reto personal de hacer una cosa al día que la asustara–. Es muy pequeña –añadió, algo decepcionada, junto a una Vespa.

–Para aprender a andar, primero tienes que aprender a gatear –respondió Ben, sonriente.

–¿Tú aprendiste a gatear primero? –le preguntó después de levantarse la visera del casco.

–Es diferente.

–Ya –dijo Amelia–. ¿Se trata de una teoría cromosómica o algo parecido?

–No, se trata de talento y experiencia.

–Y tú saliste del vientre de tu madre montado en una Harley, ¿no?

–No –rió Ben–. Pero siempre fui el que mejor llevaba la bici de todo el barrio.

–Ah –dijo Amelia, la cual recordó que ella había necesitado las ruedas pequeñas de apoyo durante mucho tiempo. Prefirió no confesarle ese detalle a Ben y se dirigió hacia su moto.

–Siéntate y ponte cómoda –le dijo Ben, tras lo cual le dio un par de indicaciones para arrancar, acelerar y frenar–. No vayas muy rápido.

–Suena como una segadora de césped –protestó Amelia al arrancar la Vespa–. ¿Cuándo montaré en una moto de verdad?

–Cuando yo lo diga –respondió tajante.

Amelia le sacó la lengua y pisó el acelerador. Lo oyó decir algo parecido a «demasiado rápido», pero decidió no mirar el velocímetro. Y, a pesar de su decepción inicial, disfrutó avanzando por el desocupado sendero, poniendo a prueba los límites de la moto.

Divisó un camino que se desviaba del sendero principal y, tras hacer una señal con la mano a Ben, giró para explorarlo. Minutos después, Ben la llevó de vuelta al sendero de partida. Estaba anocheciendo y Ben no estaba especialmente contento con ella.

–Ya has practicado bastante por hoy –le dijo, después de devolver la moto y ponerle el candado–. ¿Estás segura de que nunca te han puesto una multa por exceso de velocidad?, ¿es que no me oíste cuando te dije que fueras más despacio y que no te salieras del sendero?

–Nunca me han puesto una multa por ir demasiado rápido. Y sólo quería ver la velocidad que una moto pequeña podía alcanzar.

–No quiero que te hagas daño –le dijo, colocando las manos sobre los hombros de Amelia, mirándola con una seriedad desconocida por ella hasta ese momento.

–Yo tampoco quiero hacerme daño; pero los dos sabemos que no hay garantías de nada –replicó, con el corazón en un puño.

No le gustó la respuesta. No lo dijo, pero Amelia lo intuyó por la expresión de su cara.

Sin embargo, no fue capaz de descifrar en qué pensamientos se sumió Ben mientras la llevaba de vuelta a casa. Desde aquella noche en que había frustrado la posibilidad de hacer el amor juntos, lo había notado más reticente que antes. Era raro, pero ahora confiaba más en él. Quería estar más tiempo a su lado, aunque Ben parecía haber extendido un brazo para matenerla a cierta distancia.

Cuando la acompañó a la puerta y la besó, se abandonó al placer de hundirse en sus brazos. Y cuando él se separó, Amelia suspiró:

–¿Quieres pasar? –le propuso.

–Será mejor que no lo haga –murmuró, dándole un nuevo beso a continuación.

–¿Por qué? –quiso saber Amelia, la cual introdujo las manos bajo su chaqueta de cuero para notar el calor de su pecho–. Prometo no morderte si no me lo pides –añadió.

–Anda, entra –aguantó Ben, separándose un poco de ella.

Amelia sintió un atisbo de duda. Quizá el deseo no era tan correspondido como había pensado. Su educación le impedía exponer más explícitamente sus intenciones.

–Sé buena chica y entra –repitió Ben, esbozando una media sonrisa.

–Gracias por la lección –se resignó Amelia, con el ceño fruncido, desorientada, al tiempo que abría la puerta.

–¿Te pasarás mañana por mi negocio? –le preguntó Ben–. Habrá una fiestecilla –añadió.

–Es probable.

–Buenas noches, Amelia –se despidió.

Lo miró alejarse con una gran sensación de desconcierto y el gato le dio la bienvenida, frotándose contra sus tobillos. No comprendía a Ben: tan pronto la alejaba de su lado como se aseguraba de que volvería a verla. Podía haberle hecho el amor la semana anterior, pero se había resistido, a pesar de que también él lo había deseado. Puede que, en realidad, no la quisiera tanto. Quizá ella no le «reinicializaba su disco duro», como diría Sherry.

Pero había otra cosa que la había molestado: Ben le había dicho que fuera una buena chica. Amelia cerró la puerta y tomó al gato en brazos con aire ausente. Por primera vez en su vida, se preguntó qué tal sería si no fuera siempre tan buena...

Maddie, la hermana de Ben, jugaba con un niño sobre su rodilla derecha.

–Ven –la llamó al ver a Amelia.

Ésta miró asombrada del bullicio de personas que atestaban el aparcamiento del negocio de coches de Ben. Un grupo tocaba temas antiguos de rock and roll mientras la gente bailaba al compás de la música.

Otras personas se hacían fotos, por veinte duros, en un Jaguar descapotable, y en todos sitios olía a perrito caliente y a algodón dulce.

–Ben me dijo que habría una fiestecilla –comentó Amelia–. Pero no imaginaba algo así.

–El dueño anterior inició la tradición y a Ben le pareció bonito proseguir con ella –dijo Maddie.

–¿Eso es un poni? –preguntó Amelia, sorprendida.

–Sí. Davey quería que hubiera un poni –Maddie rió–. Y si Davey quiere un poni, Ben se lo consigue. Lo mima demasiado.

–¡Así que tú eres Davey! –exclamó Amelia, sonriendo al pequeño, que tenía la cara cubierta de algodón de azúcar–. Me han hablado mucho de ti.

–¿Quieres algodón? –le preguntó, ofreciéndole un pedacito.

–Claro –aceptó Amelia.

–¿Qué tal van las lecciones de moto? –se interesó Maddie.

–Lentas.

La música se detuvo y, por encima de todas las conversaciones y del murmullo general, se oyó el grito de una mujer:

–¡Ben!, ¡cuánto tiempo!

Amelia se quedó mirando a aquella mujer, la cual se lanzó acto seguido a los brazos de Ben. Sintió una descarga eléctrica en el estómago. La mujer iba vestida con ropa de cuero de pies a cabeza y se dirigía a él con ademanes muy sensuales. No se podía decir que fuese, en absoluto, *una buena chica*.

–Es Cindy. Ella y Ben eran... –Maddie se calló.

–¿Íntimos? –propuso Amelia.

–Sí. Amigos íntimos.

Amelia vio que la mujer le daba un beso en plena boca a Ben, y tuvo que aplacar un ataque de celos repentino. Asombrada por la intensidad de sus sentimientos, respiró tres veces y trató de aprender algo de aquella situación. Aprender siempre la había distraído.

Volvió a estudiar a la mujer, sus ropas, sus gestos, su peinado, su manera de coquetear...

–Nunca comprendí que veía Ben en ella.

–Creo que es muy fácil de ver –Amelia soltó una risa irónica–. Es muy sexy –dijo, disgustada por lo mal parada que salía al compararse con ella.

–Tiene una reputación espantosa –dijo Maddie, mirando a Amelia.

–No sé qué haría para ganársela –comentó de nuevo con ironía.

–Tú no te pareces nada a ella –le aseguró Maddie.

–Es evidente –comentó Amelia, que no acababa de sentirse halagada por esa apreciación.

–Ben me mataría si se enterarara de que te digo esto, pero me alegro mucho de que por fin tenga una relación con una persona más formal –confesó Maddie.

–Pero no estamos saliendo. Sólo me está enseñando a montar en moto –matizó Amelia.

–Claro –dijo Maddie, sin creerse aquella verdad a medias–. ¿Puedo invitarte a comer alguna vez?

Amelia vaciló. No estaba nada segura de cómo evolucionaría su relación con Ben... Aunque Maddie era amable, independientemente de su hermano. No había ningún motivo para que no fueran amigas.

–Claro –aceptó–. Siempre que quieras.

Minutos después, Amelia se abrió paso entre la multitud para acercarse a Ben y lo saludó mientras éste hablaba con un cliente. Le hizo un gesto de que lo esperara, pero ella sonrió y dijo:

–No importa. Ya veo que estás ocupado.

De vuelta a casa, pensó en él. De hecho, se dio cuenta de que estaba pensando demasiado en Ben Palmer, de manera que procuró desconectar y tratar de establecer las diferencias entre las buenas y las malas chicas. Amelia empezaba a preguntarse si no se lo pasarían mejor las malas.

Pero de nuevo volvió a acordarse de Ben, lo cual la

inquietó. Se estaba volviendo loca. *Ben* la estaba volviendo loca. Se había vuelto demasiado importante para ella y tenía que hacer algo por corregir esa situación. Tamborileó los dedos sobre el volante del coche y comenzó a concebir un plan para *desenajenarse...*

Capítulo Seis

–La mejor forma de olvidarse de un hombre es salir con otros hombres –le había dicho Sherry.

Amelia aceptó a regañadientes el consejo de su amiga y acompañó a don Conservador a una velada poética. Aunque a ella le gustaba la poesía tanto como a él, hacia la mitad de la jornada literaria, Amelia empezó a fantasear con imágenes de motos y prendas de cuero.

Frunció el ceño y se obligó a no pensar en Ben y a centrar su atención en el lector. Al terminar, culminaron la tarde con un café en un local elegante. Amelia hizo lo posible por mantener una conversación divertida, pero fue tan aburrida como mirar el tambor de la lavadora.

Cuando llegó a casa y se metió en la cama, empezó a preocuparla la idea de que Ben le hubiera arruinado el gusto por los hombres normales. Cuando, al comprobar los mensajes del contestador, escuchaba la voz de Ben, el corazón le daba un vuelco. Se disgustaba por aquellas reacciones tan efusivas y se forzaba a responder a sus llamadas cuando estaba segura de que él no estaría en casa. Así, siguiendo fielmente el plan que se había trazado, acudió a una conferencia con don Conservador la noche siguiente.

Antes de terminar su charla, un catedrático de Filosofía extendió una invitación a todos los asistentes para que fueran a un concierto que daba con su grupo de rock. Una vez allí, y como su cita no había querido acompañarla, Amelia se acomodó tranquilamente en el fondo del local y se tomó un refresco mientras miraba aquella masa de cuerpos que no paraban de moverse.

–No sabía que te gustara este tipo de música –dijo una voz, por encima de la ensordecedora música.

El corazón de Amelia se revolucionó nada más reconocer la voz de Ben, y a punto estuvo de derramar su refresco. Lo miró de reojo fugazmente y luego dio un largo suspiro:

–El guitarrista de los solos es un miembro de mi facultad.

–¿Qué? –Ben acercó la oreja–. No te he oído –gritó.

Amelia elevó la voz y repitió sus palabras.

–Pues el batería es uno de mis mecánicos –comentó Ben, recostándose sobre la pared.

–¿De veras? –Amelia miró hacia el grupo, sorprendida–. Una mezcla interesante.

–Has estado ocupada esta semana –dejó caer Ben, mirando también hacia el grupo.

–Procuro mantenerme ocupada, sí –contestó. Se preguntaba cuánto tiempo tendrían que estar gritándose para oírse por encima de la música.

–Maddie me ha dicho que habló contigo.

–Conocí a Davey. Es muy rico –comentó.

–Maddie dice que estabas por allí cuando apareció Cindy.

–Cindy, no recuerdo haberla conocido –replicó Amelia, tensa.

–Fue la que casi se me tira encima delante de todo el mundo.

–¡Ah, ya! –asintió Amelia–. Era... llamativa.

–Lo hace con toda la gente –la informó Ben. Amelia volvió a asentir. Ben parecía estar esperando a que dijera algo más; pero no se le ocurría nada que añadir–. No significa nada. Nosotros no...

–Tranquilo, no es asunto mío –se adelantó Amelia, que no quería escuchar ningún tipo de detalles–. Al fin y al cabo, tú y yo no tenemos una relación...

–Vamos fuera –dijo Ben, tragándose una imprecación y tomándola por un brazo–. La música está muy alta y no te oigo bien.

Salieron al exterior del local y Amelia aspiró a pleno pulmón una brisa nocturna y fría que aguzó sus sentidos. Él la instó a que se apoyara sobre el muro de ladrillos del club y colocó una mano a modo de almohada para que Amelia reposara la cabeza, situándose en una íntima cercanía con gran naturalidad. Estaban demasiado juntos y ella era consciente del poder que Ben ejercía sobre su cuerpo; de la intimidad que habían compartido y de la sensación de que había algo a medias entre ambos.

–Me has estado evitando –aseguró Ben–. ¿Por qué?

–Yo... –el corazón se le subió a la garganta, intimidada por lo directo que había ido Ben al grano y por la mirada de éste–. Pensé que era lo más inteligente... Que me ayudaría a mirar con perspectiva...

–¿Perspectiva? –enarcó una ceja.

–Exacto –repitió Amelia, consciente de que había hablado tan claro como el fango.

–Creo que vas a tener que explicarte un poco para que te entienda.

Amelia habría renunciado al sueldo de un año con tal de poder transportarse inmediatamente a cualquier otro sitio.

–Bueno, empecé a pensar en algunas cosas que has dicho y sobre las diferencias entre ser una niña buena o mala... Y aunque probablemente yo no soy tan buena como tú te piensas, tampoco soy tan mala como el tipo de mujer a la que estás acostumbrado. En cuyo caso, no puedo culparte porque no te intereses por mí de la misma manera que por ellas; y para no confundir las cosas, pensé que lo mejor sería... mantenerme ocupada –concluyó después de tomar aire.

–¿Intentas decirme que crees que no me excitas?

–Supongo que sí –contestó Amelia, con el estómago retorcido–. Es comprensible, dado la clase de mujer con la que sueles verte. Yo no tengo la misma experiencia que ellas...

–¿Qué te ha hecho pensar eso?

–Creo que me he expresado con bastante claridad –respondió Amelia, que estaba a punto de perder los nervios–. ¿Podríamos hablar de otra cosa?

–No. Quiero saber qué te ha hecho pensar que yo no te quiero.

–Pues lo pienso porque te has mostrado descaradamente reservado –espetó frustrada, cruzando los brazos sobre el pecho–. No sé por qué estamos hablando de esto. Tú prefieres mujeres que vean el sexo con desenfado, que hayan vivido mucho y que tengan un gran sentido de la aventura y de la independencia.

–Puede que hace cinco años tuvieras razón; pero ahora te equivocas.

–No me equivoco.

–Te aseguro que te equivocas –insistió Ben, desconcertado por lo convencida que Amelia estaba de lo contrario.

–No me equivoco en absoluto –repitió, consciente de que aquella discusión se parecía muchísimo a la de dos niños pequeños.

–Yo sé lo que quiero, Amelia –los ojos le brillaron irritados–. Y no me presiones. No me importaría demostrártelo ahora mismo.

–Me ha costado mucho distanciarme para ver las cosas con frialdad y me niego a enredarme otra vez en inútiles confusiones –replicó ella, que sintió un calambre de excitación por lo que las últimas palabras de Ben habían sugerido–. Tú no me quieres y punto, está bien.

–¿Por qué diablos te empeñas en creer eso?

El orgullo le flaqueaba. Se sentía vulnerable y acorralada. Rezó porque él no pudiera vislumbrar la hondura de sus emociones a través de la expresión de sus ojos.

–Porque te paraste –contestó por fin.

–No estabas preparada –gruñó Ben, dolorido por la acusación.

–Perdón, ¿cómo dices? –Amelia lo miró con incredulidad.

–No lo estabas.

–Esto es ridículo –la paciencia de Amelia se había agotado–. Vuelvo dentro.

Ben le bloqueó el paso. A pesar de la escasa luz, Amelia creyó distinguir la tensión de la mandíbula de Ben.

–¿No se te ha pasado por la cabeza pensar que quizá me paré porque, por una vez en mi vida, estaba intentando no ser más que un maldito egoísta?

–No –dijo sin más, colándose bajo el brazo que la obstaculizaba.

–¿No se te ha ocurrido pensar –insistió Ben, después de agarrarla para evitar que se escapara– que quizá decidí que no debía hacerte el amor por el mero hecho de que podía?

Amelia tuvo miedo de considerar tal posibilidad. Sentía que había estado construyendo un muro lentamente durante los anteriores días, ladrillo a ladrillo, que el cemento estaba aún fresco y que Ben podría derribar con facilidad aquella pequeña barrera.

–No. Y tampoco creo que tú pensaras nada de eso en esos momentos –se defendió.

Ben la miró durante varios segundos y luego le soltó el brazo. Parecía a punto de explotar.

–Está bien –dijo. Iba a dejarla marchar. Amelia sintió una mezcla de alivio y tremenda decepción–. Basta ya –añadió. De pronto se agachó y Amelia sintió que la tierra se le movía mientras él la levantaba sobre los hombros.

Muda del asombro, no le quedó sino mirarle la espalda mientras su estómago revotaba sobre los hombros de Ben a cada paso que éste daba.

–¿Qué estás haciendo? –acertó a preguntar por fin.

–Llevarte a casa.

–Puedo hacerlo yo sola. Tengo mi propio coche –respondió, intentando liberarse.

–Deja de moverte o te caerás –dijo él, avanzando hacia su moto.

–Esto es ridículo, es una locura –prosiguió Amelia–. Te estás comportando como un hombre del Neanderthal.

–Supongo que tendrás razón –replicó Ben, con una ligera risa irónica–. Siendo profesora de Historia, seguro que no te equivocas.

Amelia nunca había pegado a nadie en toda su vida, pero pensó que tal vez fuera ésa la ocasión de estrenarse.

La bajó de los hombros y al devolverla al suelo, sus cuerpos se rozaron íntimamente. Se miraron a los ojos y, a pesar de lo enfadada que estaba, Amelia sintió que la sangre le hervía.

Cuando Ben fue a por el casco de ella, ésta aprovechó para echar a correr. Pero él no tardó en atraparla.

–Creía que te había dicho cuál era el plan –le susurró Ben al oído–. Te llevo a casa.

–Me niego.

–Como debe ser: recuerda que me pediste que te secuestrara –le puso el casco en la cabeza.

–Pues he cambiado de opinión –contestó, sintiéndose atrapada.

–Peor para ti.

Un minuto más tarde estaban sobre la moto y Amelia no tardó en darse cuenta de que no iban hacia su casa:

–Creía que me llevabas a casa –dijo a gritos.

–Y así es.

Siguió conduciendo hasta que llegaron a una casa pequeña pero muy bonita.

–¿Por qué estamos aquí? –preguntó Amelia, confundida.

–Te dije que te llevaba a casa –insistió Ben, agarrándola de una mano y tirando de ella hacia la puerta–. Hacia mi casa.

–Bromeas, ¿verdad?

–¿Qué te esperabas?, ¿la antesala del infierno?

–No exactamente –aunque se acercaba bastante a la verdad.

–¿Entonces?

–Una cueva –esbozó una tenue sonrisa.

–Pues me parece que te equivocas –denegó con la cabeza y sonrió.

–Sí –concedió Amelia, mientras ambos entraban en el vestíbulo, cuya luz se encargó Ben de encender–. Es muy bonita –añadió.

–Luego te la enseñaré entera –dijo, recostándose sobre una pared y situando a Amelia entre sus piernas–. Antes tenemos que ocuparnos de tu malentendido.

–No hace falta que...

–Esta vez soy yo el que hablo y tú escuchas –la interrumpió. Amelia suspiró y se preguntó cómo era posible que Ben la hiciera sentirse como fuego líquido–. Te he deseado desde la primera vez que te vi. Me he tenido que dar una ducha fría cada vez que has montado conmigo en moto. ¿Sabes lo que es para mí sentir tus pechos sobre mi espalda?, ¿tus muslos apretándose a mi trasero?, ¿tus brazos rodeándome el pecho?, ¿tu respiración en mi nuca?

Bajó las manos hasta las nalgas de ella y la atrajo con delicadeza para que no le cupieran dudas de su excitación.

–No te hice el amor la noche del cumpleaños de tu marido –prosiguió Ben–, porque no estabas preparada. Estabas pensando en él y yo no soy el sustituto de nadie... Pero te deseaba tanto que estaba temblando por dentro. Por mí lo habríamos hecho sentados, de pie o sobre el suelo.

Bajó la boca hacia el cuello de Amelia y le besó su delicada piel. Ella sintió que una hilera de ladrillos se desplomaba. Si hubiera sido de las que imprecaba, lo habría hecho en ese momento. ¿Por qué no podía resultarle un poco menos excitante?, ¿menos interesante?, ¿por qué su cuerpo, su corazón y su cabeza respondían a los estímulos de Ben tan fácilmente, con lo inteligente que sería mantenerse fría? Al principio había pensado que se debía a que Ben simbolizaba lo prohibido; pero empezaba a dudar al respecto.

—Yo creía que era un pasatiempos para ti —murmuró, confusa. .

—Lo eres, pero no sólo eso —replicó Ben, dirigiéndose hacia sus pechos.

—Dijiste que era una niña buena —acertó a decir.

—Y lo eres.

Su voz, sus palabras, sus caricias acabaron con las reservas de Amelia y desbordaron la pasión de ésta.

—No tan buena —aseguró, al tiempo que le abría la camisa, arrancándole dos botones del tirón. Amelia se lanzó sobre su torso con las manos y la boca.

—Esto es una locura —murmuró Ben mientras le mesaba el cabello.

—Sí —susurró Amelia mientras paseaba la lengua por su piel. Notó que el corazón de Ben latía descontrolado contra su mejilla y también el pulso de ella se disparó.

—Vivimos en dos mundos totalmente diferentes —dijo Ben. Amelia siguió frotándose la cara contra el pecho de Ben y se abandonó a sus instintos, los cuales guiaron sus manos hasta los pantalones de él—. Amelia, no te equivoques: te aseguro que yo no soy como tu marido —añadió, deteniendo el movimiento de su mano y mirándola a los ojos.

En otro momento, puede que aquella mirada tan sexual la hubiera hecho recapacitar; sin embargo, experimentó un azote de coraje o locura femenina.

—Y yo no soy como Cindy. Te lo aseguro —le bajó la cremallera y lo agarró con la mano—. Lo sabes, ¿verdad?

Acarició su sexo a lo largo y Amelia contempló fascinada la expresión de placer que transformó el rostro

76

de Ben. Éste acercó sus labios a los de ella y ambos cruzaron las lenguas mientras se excitaba más y más entre las manos de Amelia.

–Quiero estar dentro de ti... Ahora mismo –le susurró, jadeante. Ella se quedó sin respiración–. Llevas demasiada ropa –añadió él, sin dejar de besarla, mientras le quitaba la blusa y el sostén, la falda y las bragas, hasta dejarla totalmente desnuda frente a él.

Su sexo presionó el vientre de Amelia como una promesa primitiva. El pecho rozó las puntas encumbradas de sus senos mientras situaba una mano entre las piernas de Amelia, la cual ya estaba totalmente excitada. Sofocada, acalorada por la excitación, se estremeció de placer y notó que las rodillas le flojeaban.

–Protección –murmuró Ben, jadeante.

–¿Protección? –repitió ella.

–Sí, tenemos que protegernos. ¿Has traído algo?

Amelia pestañeó. Necesitó un par de segundos para darse cuenta de a qué se refería Ben.

–No –bajó la cabeza, embarazada–. Supongo que pensé que tú...

–Nunca he sido tan previsor –Ben rió–. No suelo llevarlos encima, en el bolsillo.

–Y yo nunca he tenido razón alguna para llevarlos en el bolso.

–Pues ahora ya tienes una –deslizó una mano sobre el trasero desnudo de Amelia–. Puedo ocuparme de ti arriba...

La levantó en brazos y la subió así por las escaleras, para luego dirigirse hacia una habitación a oscuras. Encendió una luz tenue y colocó a Amelia sobre la cama. Luego se quitó la chaqueta de cuero y la camisa, se descalzó y tiró sus pantalones y sus calzoncillos al suelo.

Se quedó de pie, desnudo frente a ella, con los ojos encandilados de pasión. Todo su cuerpo sugería poder: sus hombros eran anchos, su abdomen, duro, sus muslos fuertes, grandes y robustos.

Ben no le escondía nada, ni su cuerpo ni su deseo. No quería precipitarse y acabar demasiado rápido, nada más meterse bajo las sábanas. Quería más.

El estómago de Amelia se retorció con una mezcla de deseo y aprensión. No era la primera vez que se acostaba con un hombre; pero, entonces, ¿por qué se sentía como si fuera algo totalmente novedoso?, ¿por qué tenía la arrebatadora corazonada de que, después de esa noche, ya nunca volvería a ser la misma?

Ben sacó unos preservativos del cajón de la mesilla de noche. Antes de que Amelia pudiera echarlo de menos, él ya estaba tumbado sobre ella, cubriéndola con su fogoso cuerpo. Acarició el trazado de su serpiente tatuada y jugueteó con su pendiente de oro.

–¿Estás seguro de que no fuiste pirata en otra vida? –susurró Amelia, desconcertada por el temblor de sus dedos.

–Nunca he pensado mucho en mis anteriores vidas –dijo–. Estoy demasiado ocupado con ésta –añadió, para volver a besarla de inmediato.

Luego le quitó las horquillas del pelo, para que éste le cayera libremente sobre los hombros, y hundió la boca entre sus pechos. Lamió y chupó y mordisqueó las cumbres de sus senos hasta que Amelia casi no pudo seguir soportando aquella deliciosa tensión.

Gimió, se apretó a él y le pellizcó los hombros.

–¡Dios, Amelia! Eres el paraíso y el infierno al mismo tiempo. Quiero poseerte de todas las maneras posibles –susurró mientras introducía una mano entre sus muslos, una vez más–. Y quiero poseerte de todas las maneras al mismo tiempo... –jadeó junto a su oreja. Luego la abandonó para descender hasta su ombligo sin dejar de acariciarla y de usar sus dedos dentro de ella.

La temperatura de Amelia subía caricia a caricia. Cuando la cabeza de Ben descendió aún más, cerró los ojos y notó el tacto de su lengua íntimamente. La recorrió con los labios y la lengua con una ternura enloquecedora. Consumida de placer, empezó a notar espasmos extáticos que agitaron su cuerpo entero.

Ben la abrazó mientras Amelia seguía temblando y le secó unas lágrimas que se deslizaban de sus ojos.

–¿Estás bien? –le preguntó.

Amelia respiró profundamente y asintió:

–Sí –respondió después de tragar saliva.

–Bien –dijo él, alcanzando la caja de preservativos con una mano–. Acabamos de empezar.

Capítulo Siete

Sus palabras la traspasaron como un rayo. Intentó contener la respiración, la velocidad de su corazón y de su mente, pero Ben la seguía mirando de una manera que la estaba volviendo loca.

Entró en Amelia y ésta se rindió. Era una invasión física, mental y emocional.

–¿Por qué no me habías dicho que estabas tan tensa? –le preguntó Ben, sin apenas aliento, al notar un cierto rictus de incomodidad en Amelia.

–No lo sabía –respondió con la boca seca.

Empezó a moverse debajo de él y Ben comenzó a temblar. Acostumbrada ya a la sensación de tenerlo dentro, siguió moviéndose con suavidad.

–Si sigues moviéndote, no aguantaré mucho –le dijo, conquistándola de arriba abajo una vez más.

–No tienes que aguantar –suspiró Amelia, fascinada por la excitación de Ben. Volvió a moverse para llevarlo hasta el límite. No quería que se contuviese.

–Quiero aguantar más –dijo con voz rugosa y apasionada.

–No hace falta –repitió ella, subiendo las caderas hacia arriba–. No va a ser la última vez.

Sus palabras hicieron saltar todos los frenos de Ben, el cual la penetró con todas sus fuerzas... hasta hacerla traspasar la barrera y echarse él mismo a temblar con su propia, larga y cálida liberación.

Permanecieron en silencio durante varios segundos. Ben lo prefería, pues no sabía qué decir. Amelia colocó la cabeza bajo la barbilla de él y, lentamente, su respiración fue recuperando un ritmo suave y dulce.

Ben sintió una presión en el corazón que se le extendió hacia el pecho y luego por el resto del cuerpo. Se separó de Amelia con delicadeza, se levantó de la cama y fue hacia la ventana.

Suspiró y comenzó a dar vueltas por la habitación. De pronto se detuvo en seco: acababa de recordar que él nunca daba vueltas... Sólo había sido sexo, se dijo. Sexo estupendo; pero sólo sexo... Entonces, ¿por qué sentía algo tan diferente?

No había sido diferente. En realidad, sólo había parecido diferente porque Amelia era una mujer muy diferente.

Contuvo las ganas de imprecar. Estaba hecho un completo lío: por un lado, sentía la necesidad de proteger a Amelia; por otro, quería escapar de allí corriendo.

Volvió a suspirar y se recordó que no se habían hecho ninguna promesa. Amelia era consciente de que él no era de los que se ataban para toda la vida y él comprendía que nunca podría encajar en el mundo de ella.

Se tranquilizó. Luego se giró para mirar a Amelia, que seguía acurrucada sobre la cama, y sintió la ya familiar urgencia que lo había incendiado desde la primera vez que la había visto.

Volvió a la cama y la estrechó entre sus brazos. Aquello no podía durar eternamente: no podrían desearse siempre con ese ardor. Pero eso estaba bien, pensó: hasta que la fiebre bajara, aprovecharía la compañía de Amelia, como ella aprovecharía la de él.

Cuando Amelia se despertó, miró el potente y musculado torso de Ben. Pestañeó y en seguida cayó en la cuenta de que estaba desnuda. Volvió a pestañear, desorientada, y su cuerpo le recordó que había hecho el amor con Ben y que estaba en su cama.

Se recostó boca arriba y miró hacia el techo. Estaba desconcertada: sabía que había sido muy descarada con Ben y no recordaba cuántas veces habían hecho el amor. La noche se había convertido en un toma y daca apasionado, como si ninguno de los dos pudiera saciarse del otro.

Sus pechos estaban tan sensibles que notaban el roce de las sábanas. Nunca la habían invadido de esa manera.

Su cuerpo entero seguía acalorado, de pies a cabeza. Quiso vestirse y salir corriendo, pero también despertar a Ben y hacerle el amor de nuevo.

Amelia miró el despertador y recordó sobresaltada que estaba en un día laborable. Salió de la cama con sigilo y buscó su ropa interior por la habitación, hasta acordarse de que estaba abajo, en el vestíbulo.

Bajó las escaleras de puntillas y encontró sus braguitas. Le temblaban tanto las manos que necesitó tres intentos para ponérselas.

–¿Vas a algún sitio?

El corazón de Amelia se disparó al oír la voz de Ben. Se giró hacia él y lo encontró de brazos cruzados, sin más ropa que unos calzoncillos ajustados.

–Me acabo de acordar de que mañana... –balbuceó mientras recogía el resto de su ropa–... de que hoy es día laborable y tengo que recoger mi coche para ir a la universidad.

Ben se acercó a ella, con el pelo enmarañado y los ojos nublados de sueño y del recuerdo de la noche pasada... Estaba irresistible.

–¿Y cómo pensabas ir por tu coche?

–No había llegado hasta ahí –dijo, mientras se ponía la blusa. ¿Por qué estaba tan nerviosa?–. Supongo que he tenido bastante con encontrar la ropa –logró reír.

–¿Te arrepientes?

–No, pero estoy nerviosa –respondió con sinceridad.

–¿Estás dolorida?

–No... Bueno, me duele alguna zona del cuerpo –confesó.

–Ven.

Amelia dejó caer su ropa y buscó los brazos de Ben. Sus pechos desnudos chocaron contra el torso de él. Deseó permanecer así el resto de su vida y la sorprendió que él no la hubiera echado ya de su lado.

–¿Me enseñas la casa? –propuso, para no seguir pensando y hacerse esperanzas.

–¿Estás segura de que no puedo convencerte de que vuelvas a la cama conmigo? –le preguntó, acariciándole la espalda.

–Estoy segura de que sí puedes –el corazón le dio un vuelco–. Pero creo que debo irme –añadió, consciente de que iba a necesitar tiempo para tranquilizarse antes de presentarse a dar clases.

–Está bien –aceptó Ben–. Dame un minuto para vestirme.

Amelia aprovechó para volver a recoger su ropa. Ben reapareció al instante. Ella había confiado en que el viento de la calle la refrescaría, pero no fue así.

–Estás muy tranquila –comentó él cuando hubieron llegado al aparcamiento del club en el que se habían encontrado la noche anterior.

–No sé qué decirte. Nunca había hecho algo así... de esa manera –confesó, sofocada.

–¿De esa manera? ¿Quieres decir que nunca habías estado encima?, ¿o que te parabas a la tercera en vez de a la quinta?, ¿o que...?

–¡No me líes más! –elevó la mano, pidiéndole que no siguiera hablando–. No sé qué etiqueta ponerle a esta situación.

–¿Etiqueta? –repitió Ben–. ¿Qué estás pensando, Amelia?

–Me siento vacía y llena al mismo tiempo. Siento

que quiero seguir junto a ti. Yo... será mejor que lo deje... Gracias por una noche inolvidable –finalizó.

–Te llamaré –le aseguró Ben, apretándole la mano, mientras ella se concentraba en abrir la puerta del coche.

–Claro –respondió, aunque no estaba nada convencida de que fuera a hacerlo.

–Quiero volver a estar contigo –le dijo, mirándola con intensidad.

–No me estás ayudando a aclararme –replicó Amelia, cuyo pecho se había inflado ante la expectativa de aquel nuevo encuentro.

–Me gustas sin aclarar –contestó Ben. Y la confundió más aún, besándola de nuevo.

–¿Qué es eso que está silbando, señor Palmer? –le preguntó su más reciente vendedor, Greg Wade, asomando la cabeza por la puerta. Ben dejó de realizar los cálculos en los que estaba enfrascado y denegó con la cabeza: no se había dado cuenta de que había estado silbando hasta que Greg se lo había señalado–. El balance del mes debe de ser muy bueno para que esté de tan buen humor –añadió.

–Sí lo es, sí –respondió, aunque sospechaba que el motivo de que hubiera estado silbando tenía más que ver con cierta profesora de Historia.

–¿Así que está contento esta mañana? –insistió Greg.

Ben se recostó en el respaldo de la silla y sonrió. Sabía por dónde iban los tiros, pues ya lo habían visitado otros tres empleados esa misma tarde.

–Sí, hoy no pienso morder a nadie –bromeó.

–Bueno, me preguntaba si podría usted subirme el sueldo –se encogió de hombros–. He alcanzado mi cuota de ventas todas las semanas excepto...

–No –lo interrumpió Ben, sonriendo.

–¿No? –preguntó Greg desencantado.

–No, pero vuelve a preguntarme dentro de cuatro semanas si sigues trabajando bien.

–Está bien –aceptó Greg–. Volveré dentro de cuatro semanas.

Ben observó a su empleado salir de su despacho con energías renovadas para vender más y más coches durante ese siguiente mes. Ben sabía que lo suyo no era vender, motivo por el cual se había rodeado de aquellos vendedores tan estupendos. En los dos anteriores años, había aprendido lo que estimulaba a sus empleados. Necesitaban a alguien que les subiera el listón y que luego los recompensara. A él le había pasado lo mismo con las motos: siempre había querido hacer piruetas más arriesgadas, y la recompensa era aprender a hacerlas. Sin embargo, con el paso de los años, ya no lo emocionaba tanto lo de las piruetas.

Si alguien le hubiera dicho diez años antes que se acabaría cansando de ellas, le habría respondido que estaba loco. Pero después de romperse varios huesos y, en una ocasión, casi la clavícula, por conseguir elevar una rueda un centímetro más, se le habían pasado las ganas. Maddie le había dicho que se trataba de un signo de madurez, lo cual no le había gustado especialmente a Ben, como tampoco le gustaba que ahora le dijera que por fin había empezado a salir con otra clase de mujeres.

Se habría tomado tres tazas de lejía antes que admitirlo, pero puede que Maddie no estuviera tan equivocada. Miró el teléfono y recordó cómo había hecho el amor con Amelia la noche anterior. No había dejado de imaginarse su dulce y seductor rostro en todo el día, ni de oír sus suspiros y sus gemidos. El mero hecho de recordar la expresión de su rostro en el preciso momento en que la había penetrado, lo excitaba.

Pero no era una relación permanente, se recordó. Tal vez su hermana tuviera razón en algunas cosas, pero patinaba si creía que él acabaría casándose alguna vez.

Además, había que considerar la oferta que acababa de recibir para vender el negocio de coches, la cual le daría la oportunidad de recuperar parte de su libertad y de echarse a la carretera y atravesar el país en moto, como siempre había querido.

De pronto, volvió a pensar en Amelia. Su relación no sería permanente, pero era la cosa temporal más estupenda que le había pasado en mucho tiempo. Volvió a mirar el teléfono y descolgó para llamarla.

Tres horas después, Ben giró hacia la calle de Amelia con un sentimiento vagamente inquietante. La había llamado varias veces y siempre había respondido el contestador. Al acercarse a su casa, su inquietud se multiplicó al ver un BMW frente a su porche.

Un hombre vestido de traje esperaba en la puerta con un ramo de flores. Ben pensó en la pequeña sorpresa que él le había llevado y frunció el ceño. Habría jurado que era una mujer vulnerable e inexperta y, sin embargo... Se preguntaba con cuántos hombres estaría jugando al mismo tiempo.

Sintió un arrebato de cólera que lo enardeció. Estuvo tentado de dejarla allí y no volver a llamarla, pero estaba tan dolido que, por lo menos, quería hacerla sudar. Se detuvo frente a su casa, se bajó de la moto y se acercó a la puerta, donde seguía aguardando don Mercedes Benz.

—Ben Palmer —se presentó, extendiendo la mano.

Mientras el hombre lo miraba de arriba abajo con precaución, Ben comprendió por qué seguía aquél en el porche. Amelia estaba escuchando un disco de Sheryl Crow a todo volumen... Ben se colgó del timbre.

—He llamado una vez cada dos minutos... Soy Edwin Carter —se presentó éste—. Amelia y yo asistimos anoche a una velada poética.

—¿Sí? —Ben sonrió diabólicamente—. Yo le estoy enseñando a montar en moto.

—¿A montar en moto? —repitió el hombre, asombrado.

–Sí. Es una fiera, ¿verdad? –Ben aporreó la puerta y empezó a gritar–. ¡Amelia!, ¡abre!

Un minuto después, ésta bajó el volumen del disco y abrió la puerta. Llevaba el pelo recogido en una larga coleta y vestía una camisa blanca salpicada de pintura. Parpadeó al ver a los dos hombres frente a su puerta.

–Habíamos llamado al timbre –dijo Edwin, como disculpándose.

–Pasad –dijo ella sin apenas voz.

–Pareces sorprendida, cariño –Ben sonrió.

–He estado pintando mi habitación –dijo Amelia, que se había ruborizado–. Debo de haber perdido la noción del tiempo.

–Te he traído un ramo de rosas –intervino Edwin.

–Son preciosas –dijo Amelia después de olerlas, sonriendo sin mucho convencimiento–... ¿Puedo hablar un momento contigo en el porche? Perdona, Ben –añadió, saliendo de casa junto a Edwin al instante.

Ben trató de serenarse y reconsideró la conclusión a la que había llegado sobre Amelia. Realmente parecía haberse sorprendido. Claro que ningún hombre se presenta con un ramo de rosas sin que le hubiera dado motivos para ello.

Amelia regresó con las flores, pero sin Edwin. Su mirada desmayada suavizó la irritación de Ben, hasta que volvió a mirar aquellas rosas.

–Rosas –dijo éste–. Debes de tenerlo rendido.

–No sé cómo –respondió ella, mientras se dirigía a la cocina para colocar las flores en un jarrón con agua–. Sólo nos hemos visto dos veces.

–Te subestimas, Amelia –Ben la siguió–. ¿Con cuántos hombres puedes jugar a la vez?

–¿Jugar a la vez? –repitió–. Eso suena muy ofensivo.

–Oye, éramos dos los que estábamos llamando a tu puerta esta noche –replicó él, encogiéndose de hombros.

–Porque ninguno de los dos se molestó en llamar antes.

–Yo llamé y saltó el contestador. Puede que a don Mercedes le pasara lo mismo.

–Habrá sido la música –concedió Amelia–. Puse el compacto a todo volumen cuando empecé a pintar.

–Entiendo –dijo Ben con sarcasmo–. Todavía no me has contestado: ¿con cuántos hombres estás jugando?

–¿Será posible? Yo no estoy jugando con nadie –exclamó Amelia, enojada–. Has dejado muy claro que no quieres una relación estable conmigo y que no debo contar contigo, así que no creo que te deba importar un comino a quién vea o deje de ver.

–Ahí se equivoca usted, señorita Amelia –Ben se acercó a ella–. Quiero sus derechos en exclusiva.

Amelia estaba tan irritada que tenía ganas de romperle el jarrón donde había colocado las rosas en la cabeza. Sin embargo, al mismo tiempo, ese afán posesivo de Ben la excitaba. Comprendía ese sentimiento primitivo, porque a ella le sucedía lo mismo.

–La única forma de obtener derechos en exclusiva es llegando los dos a un acuerdo –replicó en voz alta.

–Perfecto –la miró fijamente a los ojos–. Trato hecho.

–¿Perdona? –Amelia parpadeó, sorprendida.

–Que trato hecho –repitió impaciente–. Y ahora, ¿cuánto tiempo vas a dejar a Edwin esperando en el porche? ¿No tienes que decirle que se marche a casa?

Amelia estaba estupefacta. Respiró profundo, pero al hacerlo, inspiró el aroma de Ben, lo cual la perturbó más todavía.

–Ya lo he hecho. Le he dicho que ya había quedado contigo –replicó. Amelia frunció el ceño y denegó con la cabeza–. Si fuera otro tipo de mujer, podría verme contigo y con otros hombres al mismo tiempo. Y puede que eso fuera lo mejor para no volverme loca; pero soy incapaz de ser tu amante y...

–Amelia, ¿de qué diablos estás hablando?

–¡Intento no acabar loca por ti! –gritó.

–¿Y qué pasa si yo quiero que acabes loca por mí? –replicó él con una sonrisa malévola.

–No, tú dijiste...

Ben inclinó la cabeza, la besó y acalló la protesta de Amelia. Su cercanía le recordó que lo había echado de menos todo el día. Amelia le devolvió el beso con igual furor.

–¿Qué pasa si *yo* ya estoy un poco loco por ti? –le susurró al oído Ben.

Capítulo Ocho

Ben la ayudó a terminar de pintar y, luego, se sentaron en un sofá a tomarse unos sandwiches y un refresco.

–¿Por qué has elegido pintarla de rojo? –le preguntó Ben, el cual no comprendía cómo podía parecerle Amelia tan elegante, llevando una camisa que le estaba grande y tenía manchas de pintura, con una coleta enmarañada y una mancha de mostaza en un lado de la boca.

–En realidad no es rojo –dijo ella, después de limpiarse la mostaza delicadamente con una servilleta–. Es frambuesa.

–De acuerdo –aceptó Ben, sin entender la manía de tantas mujeres de llamar frambuesa a un color tan respetable como el rojo–. ¿Por qué has elegido pintarla color frambuesa?

–Bueno, era eso o teñirme el pelo o comprarme nueva ropa.

–¿Teñirte el pelo? –repitió Ben, horrorizado, a punto de atragantársele el refresco.

–Sí, pero no sabía si debía cortármelo también. Recordé que...

–Espera, espera. ¿Pensabas cortártelo también? –preguntó–. No lo hagas –dijo después de que Amelia asintiera.

–No serás de esos hombres que intentan decirles a las mujeres cómo deben vestirse y cómo deben arreglarse el pelo, ¿no?

–Yo no *intento* –contestó, incapaz de dejar pasar la oportunidad de provocarla.

–¡Ah! –Amelia abrió los ojos de par en par–. Así que te limitas a emitir un decreto real y éste se cumple sin excepción.

–Lo de los decretos reales va más contigo. Yo sólo expongo mis preferencias –la sentó sobre sus piernas–. Pero no te lo cortes: tienes un pelo muy bonito. Me gusta. Me gusta cuando no vistes nada más que tu pelo –le quitó la horquilla de la coleta, para dejárselo suelto.

–¿De verdad te gusta? –preguntó con la expresión dulcificada.

–Mucho –le aseguró, conmovido por el brillo que resplandecía en los ojos de Amelia–. Y hablando de no vestir nada más que el pelo...

–Todavía no he terminado de explicarte por qué decidí pintar la habitación de frambuesa en vez de cortarme el pelo –lo interrumpió.

–Está bien –cedió Ben, excitado pero intrigado al mismo tiempo–. ¿Por qué?

–Recordé un artículo que leí en el periódico, que decía que para dar un aire nuevo a la casa, bastaba con pintar una sola pared. Y yo quería darle un aire nuevo, hacer algo salvaje e impetuoso.

–En vista de lo cual has pintado una pared de tu habitación de rojo.

–De frambuesa –corrigió Amelia–. Vale, ríete. Pero tú tienes la culpa –añadió, después de que Ben enarcara una ceja.

–Estoy deseando escuchar el razonamiento lógico que hay detrás de esa decisión.

–Si no me hubieras hecho el amor anoche –le tocó el pecho suavemente con el dedo índice–, no me sentiría ahora de esta manera.

–¿Y cómo es de esta manera?

–Como una botella de champán agitada –respondió con expresión seria–. Como alguien que se ha cambiado los viejos cristales de las gafas y se ha puesto unos nuevos, limpios y brillantes.

La mezcla de vulnerabilidad y sinceridad de sus palabras lo conmovió. Nunca había conocido a ninguna mujer que aunara ambas cualidades. Ella era capaz de expresar lo que sentía por él, pero Ben no podía hacer lo mismo respecto a sus sentimientos hacia Amelia.

–¿Estás intentando confundirme? –la miró a los ojos.

–¡Como si pudiera! –respondió Amelia, con una sonrisa trémula.

–Yo no te he traído rosas –le dijo Ben.

–No importa. En realidad no pretendo que...

–Te he traído otra cosa.

–¿De verdad?, ¿el qué? –preguntó intrigada.

Alcanzó su chaqueta de cuero, que estaba en un extremo del sofá, y sacó una bolsita de papel:

–Naranjas. Dijiste que te gustaban.

–¡Qué detalle! –exclamó. Los ojos se le iluminaron–. ¿Cómo puedo agradecértelo?

–Tómate una conmigo –propuso.

–Sí –aceptó. Y le dio un beso en plena boca. Fue una dulce y seductora caricia que le hizo desearla de nuevo. Por su parte, Amelia ya le estaba desabotonando la camisa–. ¿Puedes quedarte un rato?

–Sí –Ben pensó que se podría quedar un milenio si ella seguía mirándolo igual–. Y esta vez he venido preparado, Amelia.

–Bien –ella bajó la boca y le besó el pecho.

Ben se sorprendió de lo rápido que su excitación se revolucionaba. Le quitó la ropa y Amelia lo ayudó con el resto de la suya y empezó a acariciarle los hombros mientras rozaba sus suaves y esbeltas piernas contra las de él.

Habría sido muy sencillo adentrarse directamente en su feminidad, colmarla y hacerla blanquecer en éxtasis. Habría sido cuestión de segundos. El placer habría sido intenso, pero intuía que la satisfacción sería demasiado fugaz.

Para quedar satisfecho tenía que saborearla. Reprimió su urgente necesidad de penetrarla, dio un suspiro profundo y aspiró el aroma de las naranjas.

–Nos hemos olvidado de nuestra naranja –comentó sonriente.

–¿Qué? –preguntó confundida de deseo.

Era tan sexy que a Ben le entraron ganas de golpearse con los puños en el pecho y soltar un grito primitivo a lo Tarzán. En cambio, se separó ligeramente y peló una naranja.

–¿Qué haces? –Amelia se separó un mechón que le caía sobre la cara.

–Darte un gajo de naranja –respondió, introduciéndoselo con sensualidad entre los labios.

Amelia abrió los ojos y se tragó de golpe el gajo. Una gota del jugó resbaló por su barbilla y en seguida fue a limpiarse.

–Tranquila –dijo Ben–. Ya me ocupo yo –añadió, para agacharse a continuación y lamerle la barbilla.

Él mismo tomó un nuevo gajo, mirándola a los ojos, y dejó que cayera un poco del jugo sobre los senos de Amelia, la cual se estremeció ante la expectativa...

–¿De verdad vas a...?

Ben bajó la boca hacia sus pechos, en respuesta a su pregunta inconclusa, y disfrutó del sabor combinado de la naranja y de Amelia. Le humedeció los pezones con la lengua y los dientes hasta endurecérselos como dos peñones. Amelia buscó los labios de Ben con desesperación; estaba muy caliente y el olor de su excitación se subió a la cabeza de éste como tres copas de whiskey.

–No es justo –protestó ella, jadeante–. Te estás divirtiendo tú solo.

–¿Yo solo? –repitió, lameteándole de nuevo uno de los pezones.

–Sí... dijiste que íbamos a compartir la naranja –superada la timidez, se la arrebató de las manos y colocó un gajo entre las bocas de ambos. El pelo de ella caía sobre los hombros de Ben, como una leve caricia.

Amelia mordió adrede para que salpicara alguna gota sobre el torso y el abdomen de él. Entonces, lentamente, fue descendiendo con la lengua hacia su ombligo–. Mi turno.

Tres de los antiguos miembros del Club de los Chicos Malos abrieron sus latas de cerveza casi al unísono, mientras se sentaban en el cómodo sofá del salón de Ben. La mesa estaba llena de platos con sandwiches, aceitunas y patatas fritas. Y en la televisión, los Dallas Cowboys se enfrentaban a los Washington Redskins.

–Lo echaba de menos –comentó Nick Nolan, abogado de Richmond–. Suelo estar tan líado con mis casos que había olvidado el placer de tomarme unas cervezas y ver un partidillo con los amigos.

–Bueno, aquí al menos no te molestará ninguna de tus clientes –dijo Stan–. Creo que la única mujer que ha traspasado la puerta de la casa de Ben es su hermana, Maddie.

De pronto, Ben recordó a Amelia entrando en su casa y haciéndole luego el amor. Dio un trago de cerveza y puso los pies sobre una silla libre:

–Exageras un poco.

–¿Entonces has traído a la Mordiscos? –replicó Stan, sonriente.

–¿La Mordiscos? –repitió Nick, desviando la atención del televisor.

–Mis labios están sellados –dijo Ben, sabedor de que a Amelia le resultaría mortificante enterarse de que la habían llamado así.

–Vamos, Ben –insistió Stan–. Maddie dice que no es como las otras con las que has salido... Ésta muerde hombres en vez de chapas de cerveza –bromeó.

–¿Muerde hombres? –preguntó Nick.

–¿Qué te parece si te rayo las puertas de tu nuevo coche? –contraatacó Ben.

–¡Vaya! –Stan se sorprendió–. Así que he tocado un

punto sensible. Y yo que creía que eras invulnerable a las mujeres... Nick y tú ibais a ser solteros toda la vida.

–Y lo voy a ser –aseguró Nick.

–Y yo –se unió Ben. Su destino estaba fijado: él siempre había sido muy inconformista, y los inconformistas no estaban hechos para el matrimonio. Sobre todo, para casarse con una dama que era profesora de Historia.

–No sé, Ben –intervino Nick mientras tomaba una galleta de chocolate–. Estas galletas están de miedo. Serías una esposa estupenda si no tuvieras una serpiente tatuada.

–¿Una esposa? –repitió, quitándole la galleta justo cuando se la iba a meter en la boca.

–¿Qué pasa?, ¿has perdido tu sentido del humor? –Nick estaba asombrado–. Esa mujer tiene que tenerte muy pillado. Cuidado, Ben. Las mujeres son como los pulpos: una vez que sus tentáculos empiezan a chuparte la sangre, no paran hasta dejarte seco.

–Si es la mujer adecuada, da igual –apuntó Stan–. Igual hasta te gusta que te absorba.

Nick y Ben le tiraron sendas aceitunas a Stan.

–Como queráis –prosiguió éste–. Pero yo me acuesto todas las noches con una mujer preciosa e inteligente que me anima a despertarme todas las mañanas. Para mí es fundamental saber que ella siempre estará a mi lado, pase lo que pase.

–¡La roban los Redskins! –exclamó Nick.

–¿Qué? –Stan se giró hacia el televisor y vio la repetición de la jugada. Ben, en cambio, seguía pensando en las palabras de su amigo. Se preguntó qué sentiría sabiendo que Amelia siempre formaría parte de su vida, estando seguro de que se acostaría y se despertaría junto a ella todos los días.

Pero, ¿por qué iba a dejarse atrapar por una mujer? Él estaba a gusto solo... Aunque tampoco parecía una perspectiva tan espantosa: podría oler su aroma y tocar su suave piel en cualquier momento. Podría hacerla reír o sonrojarla en cualquier momento. Podría librar una terrible y gloriosa batalla sexual con ella en cualquier momento. Podría, simplemente, *mirarla* en cualquier momento.

Ben frunció el ceño. ¿A quién pretendía engañar? Tener a una mujer todo el rato alrededor lo irritaría tanto que acabaría volviéndose loco. Sólo haría falta una breve temporada para terminar desesperado y harto de ella.

No, se dijo: él no estaba hecho para llevar una vida familiar y hogareña. Sería mejor para todos que aceptara ese hecho indiscutible.

Amelia llamó a la puerta de Ben y, acto seguido, se echó mano al pelo, recién cortado. Aunque había dudado mucho, los muchos años de luchar con el pelo la habían decidido a emplear las tijeras. Además, tampoco le había gustado la posibilidad de que pudiera perder su atractivo hacia Ben si se cortaba el pelo. Si no le gustaba cómo le sentaba el nuevo corte, tendría que resignarse a aceptarlo.

Ben abrió la puerta, casi al mismo tiempo que la boca, pero no dijo nada durante varios segundos.

–Te has cortado el pelo –señaló cuando salió de su asombro.

–Sí –respondió, alzando la barbilla desafiantemente.

–¡Diablo desobediente! –exclamó–. ¡Te sienta de maravilla!

–Gracias, Conan –respondió Amelia, que sintió una ridícula oleada de felicidad en su interior. Se puso de puntillas y lo besó.

Ben la rodeó con un brazo, la apretó y profundizó en el beso hasta que la cabeza de Amelia empezó a dar vueltas.

–Tío Ben, ¿puedo tomar otra galleta? –preguntó la voz de un niño desde el interior de la casa.

–Tendremos que esperar un poco –le dijo Ben a Amelia, separándose de ésta a su pesar–. Joshua y Maddie han salido y estoy cuidando de Davey... No, no comas ninguna más. Primero tenemos que cenar –añadió, dirigiéndose a su sobrino.

–¡Qué sorpresa más agradable! –dijo Amelia, después de entrar en casa de Ben–. Voy a cenar con dos hombres: hola, Davey.

–Hola, Melia –el chico sonrió–. Ben dice que eres una tía guay.

–¿Ah, sí? –Amelia se giró hacia Ben y lo miró divertida.

–Se supone que no debía repetirlo –se disculpó Ben.

–¿No te matará tu hermana por hablarle de tías guays?

–Por lo menos, seguro que lo intentará –dijo Ben–. Voy a sacar el pollo del horno.

–¿Pollo?, ¡qué rico! –exclamó Amelia, olfateando el aroma procedente de la cocina.

–Eso espero –dijo Ben–. ¿Me acompañas, Davey?

–¡Sí! –gritó éste.

Ben sirvió el pollo en la mesa de la cocina. Aunque Amelia llevaba ropa informal y estaba comiendo un muslo de pollo con las manos, seguía irradiando elegancia. Mientras ella y Davey se divertían entre sí, él la contemplaba y se preguntaba cómo podía conseguir estar tan guapa sin apenas maquillaje, con camisas manchadas de pintura o con los dedos llenos de grasa de pollo. Era fascinante.

Era el tipo de mujer que no impresionaba a primera vista, pero cuanto más la miraba, pensó Ben, más le costaba dejar de mirarla. Algo en la expresión de su cara lo atraía como una luz en la oscuridad. Ella jamás admitiría que coqueteaba, pero su forma de reírse y los destellos de sus ojos siempre lo perturbaban sobremanera. Una mezcla de sensualidad desafiante y feminidad sureña despertaba en Ben una necesidad primitiva de reclamarla como suya.

–Tengo frío –dijo Davey de repente. Se recostó sobre Amelia y ésta le acarició el pelo con cariño.

–Ven –lo rodeó con un brazo para darle calor y luego frunció el ceño–. ¿No prefieres tumbarte en el sofá y que te tape con una manta?

–Sí –asintió el sobrino–. ¿Puedo tomarme otra galleta ahora, tío?

–Sí, ¿estás listo para el vídeo? –contestó Ben. Davey asintió de nuevo y se dirigió al sofá del salón–. Íbamos a ver carreras de camiones, pero en deferencia a ti, pondremos una película de Walt Disney –añadió, dirigiéndose a Amelia.

–Me conmueve que te vayas a privar de un espectáculo tan enriquecedor como una carrera de camiones sólo por mí.

–¿Te das cuenta de que no eres ni la mitad de tímida que cuando nos conocimos?

–La culpa es tuya –susurró, acercándose a él.

–¿Y eso por qué? –preguntó, excitado.

–Tú me has hecho desinhibirme –respondió, acercándose más a él y provocándolo luego, apartándolo de su lado.

–¿Intentas provocarme adrede porque Davey está aquí y no puedo hacer nada para responder ahora mismo? –le preguntó, después de agarrarla por la muñeca y atraerla hacia sí de nuevo. Amelia se sentía cómoda y cálida entre sus brazos.

–¿Provocar yo?

–Sí, tú –replicó Ben–. Será mejor que pares, o me las tendrás que pagar cuando nos quedemos a solas.

–¿Que pare qué?

–De seducirme –Ben rió–. Anda, ve al salón, en seguida estoy con vosotros.

–Deja, te ayudo con los platos.

–Sí, claro. Seguro que empiezas a mirarme, me distraes y se me acaba rompiendo toda la vajilla.

–Conan lavando platos –Amelia sonrió–. ¿Me dejas hacerte una foto para la posteridad?

–Tengo muchas virtudes –respondió, agitando el paño de secar los platos como si fuera un látigo.

–Ya lo sé –contestó con suavidad. Luego se fue al salón.

Ben se quedó mirándola varios segundos y luego se golpeó con el paño de los platos para despertarse. No estaba dispuesto a separarse mucho tiempo de Amelia, de modo que se puso manos a la obra de inmediato y pocos minutos después ya los había lavado y había limpiado la cocina.

Cuando asomó la cabeza en el salón, Amelia estaba sentada en el sofá, con Davey acurrucado sobre su regazo. Miraba la película y a su sobrino alternativamente, acariciándole la cabeza todo el tiempo.

Ben se apoyó en la pared para observarla. Parecía de lo más natural que Amelia tuviera a un niño en su regazo, como si tuviera un gran instinto maternal y hubiera nacido para dar amor.

La cabeza lo traicionó y le hizo imaginarse a Amelia con los ojos radiantes de alegría con un hijo suyo en el vientre. Un hijo de los dos. El corazón le dio un vuelco ante el azote de emociones que sintió. Él la protegería para cuidarla y compartirían toda la aventura del embarazo hasta en los más nimios detalles.

–¿Ben?, ¿pasa algo? –le preguntó Amelia, interrumpiendo los pensamientos de éste.

Le costó un par de segundos regresar de aquel ensueño y volver a la realidad. Cuando fue consciente de que se había imaginado a Amelia como la madre de un hijo suyo, se le hizo un triple nudo en la garganta. ¡Un padre!, pensó disgustado. Él nunca había querido ser padre. De hecho, siempre había tenido mucho cuidado para no acabar siendo padre de nadie.

Amelia siguió mirándolo, con una expresión atenta y preocupada y Ben, mientras le sostenía la mirada, pensó que esa mujer gentil y elegante le estaba haciendo plantearse auténticas locuras.

Debía de ser una bruja.

Capítulo Nueve

–¿Cuándo me darás la siguiente clase de montar en moto? –le preguntó Amelia el fin de semana siguiente.

Tumbado en su enorme cama, desnudo, con los ojos cerrados, Ben se imaginó que era una pantera descansando. Abrió los ojos ligeramente.

–Pronto –dijo, cerrando los ojos.

–Pronto es muy abstracto –dijo ella mientras le acariciaba el pecho, apoyando la cabeza sobre un hombro.

–Llevas doce horas agotándome. ¿De verdad quieres saber cuándo daremos la siguiente clase? –murmuró, después de suspirar y besarle una mano.

–Sí –dijo con alegría–. ¿Cómo voy a demostrarte que no soy una cobardica si no aprendo a montar?

–¿Si no aprendes a montar? –abrió los ojos y soltó una risilla pícara–. Eso se puede interpretar de muchas maneras; en cualquier caso, te advierto que no te dejaré *mi* moto. Seguirás en una pequeña...

–¿Por qué?

–En el campo –prosiguió.

–¿Por qué?

–Para que no te hagas mucho daño cuando te caigas.

–Ah –dijo Amelia, a la que no le gustaba demasiado imaginarse aplastada bajo una motocicleta–. Pero mi equilibrio es bueno. No tengo por qué caer...

–Hazme caso –la interrumpió–. Todo el mundo se cae... ¿Te está entrando miedo, cobardica? –añadió al ver la cara dubitativa de ella, mientras le hacía cosquillas.

–¡Para! –dijo riéndose a su pesar–. ¡Que pares!, ¡eres horrible y cruel y...!

La boca de Ben se posó sobre la de Amelia y ahogó todos sus insultos. Subió una mano para abarcar uno de sus pechos y jugueteó con su pezón. Ella se estremeció con el roce, pero estaba decidida a seguir hablando. Era ridículo que siempre que protestaba, Ben la enmudeciera con un beso. En cuanto separaran los labios le diría bien clarito que...

El teléfono sonó y Ben se retiró. Los dos se quedaron mirándose, con la respiración agitada, mientras el teléfono sonaba tres veces más.

–Vamos, tonto –le dijo ella con menos agresividad de la que había pretendido–. ¿Es que no vas a contestar?

–¿Diga? –dijo Ben, después de descolgar el auricular. Acto seguido, sonrió–. Hola, Jenna Jean.

Amelia supo que se trataba de una mujer y sintió que el estómago se le retorcía. De pronto, súbitamente consciente de que estaba desnuda en la cama de Ben mientras éste hablaba con otra mujer, decidió que era buen momento para vestirse. Se giró para salir de la cama, pero Ben la detuvo, sujetándola por una muñeca.

Amelia lo miró y lo vio denegar con la cabeza. Ella también denegó e intentó liberarse.

–Me parece perfecto, Jenna. Veré si puedo y ya te llamo para quedar más concretamente.

¿Estaba fijando una cita con ella? Amelia le clavó una uña en la mano y tiró hacia el borde de la cama.

–¡Ay! –se quejó Ben, que reaccionó a tiempo para agarrarla por un tobillo–. No, no, Jenna. Ha sido mi gata. Tengo que llevarla a que le corten las uñas... ¿Que quieres que vaya con mi nueva qué? Para nada, a ella no le interesaría conocer a una panda de locos como vosotros... No, ¡tonterías! No me da miedo que le cuentes cómo soy de verdad –añadió con el ceño fruncido.

Por su parte, Amelia se había tranquilizado tras el giro que había dado la conversación al final.

–¿Jenna Jean? –preguntó ella cuando Ben hubo colgado.

–Jenna Jean Anderson Michaels. Nos conocemos desde que éramos unos críos. Está casada con uno de mis mejores y más viejos amigos, Stan Michaels. Nos acaban de invitar a cenar –anunció con cara de pocos amigos.

–¿Por qué te disgusta tanto? Seguro que no cocina tan mal –bromeó Amelia.

–¿Cocinar mal? En absoluto –Ben se levantó de la cama–. Aunque odia reconocer que mis galletas de chocolate son mejores que las suyas.

–¿Entonces ya has cenado con ellos antes? –Amelia se levantó y se acercó a él, cubriéndose el cuerpo con la sábana.

–Claro –respondió Ben.

–¿Y por qué no quieres que cenemos esta vez con ellos?

–Porque quieren conocerte –respondió–. Quieren examinarte, curiosear y ponerte a prueba. Quieren comprobar que existes de verdad.

–Si son tus amigos –comentó Amelia, confundida–, seguro que serán agradables conmigo.

–Eso ya lo sé –respondió con aire distraído–. Simplemente, no quiero mezclarlos en esto.

A Amelia no le gustó aquella actitud evasiva. Se quedó en silencio un segundo. Sabía que no era la clase de mujer con la que él solía verse, pero...

–¿Te preocupa que pueda avergonzarte delante de ellos?

–¡No, por Dios! –aseguró Ben de inmediato.

–Entonces, ¿por qué no quieres que conozca a tus amigos? –se ajustó la sábana de nuevo–. Tiene que haber algún motivo para que...

–No –se acercó a ella y la llevó de nuevo a la cama–. No es nada de eso. Sólo que no quiero que empiecen a hacer preguntas impertinentes.

–¿Como qué?

–Preguntas sobre nuestra relación, sobre el futuro –la estrechó entre sus brazos y sonrió–. Soy muy egoísta y no quiero compartirte. Quiero que seas mía y yo ser sólo tuyo. Y no me importa lo que piense nadie más –añadió, dándole un beso.

Amelia se apretó contra Ben y notó que el corazón se le contraía. Le dolía intuir los pensamientos y sentimientos silenciosos de éste: «no estamos hechos el uno para el otro. No sé cuánto tiempo seguiremos juntos».

Hizo el esfuerzo de no prestar atención a las lágrimas que casi le salían de los ojos e intentó concentrarse en el presente; en aquel presente en el que Ben la estaba sujetando como si la quisiera más que a nadie en el mundo, como si jamás fuera a dejarla marchar. Pero Amelia era demasiado realista para creer que ese presente fuera a prolongarse para siempre.

El fin de semana anterior al Día de Acción de Gracias, Ben llevó a Amelia a un espectáculo de motos que se realizaba para recaudar fondos para los pobres.

–Amelia, casi pareces una motera en condiciones. Mírate: botas y pantalones negros –deslizó un dedo por el cuello de su jersey–. Si no estuvieras llevando este jersey rosa de cachemir y esa chaqueta más rosa todavía...

–Me congelaría.

–¿Todavía no te atreves con una chaqueta de cuero?

–Alguien me fingó la de Evel Knievel y si no llevo ésa, no merece la pena llevar ninguna.

–Cuando te conocí –comentó Ben, sonriente–, no sabías quién era Evel Knievel... ni decías cosas como «fingar». Estás cambiando mucho...

–¿Tú crees? –se inclinó para encontrar sus labios–. Me da igual que *me estés* cambiando. Me siento perfectamente siendo como soy ahora –añadió, fascinada por la rendida atención de Ben a sus palabras.

A fin de conseguir dinero, los participantes en la carrera de motos tenían que pagar una entrada y los acompañantes, un suplemento extra. Así se lo había explicado Ben a Amelia, la tarde en que le había propuesto asistir a dicha carrera.

–He traído algo de dinero para la casa de beneficencia que organiza la carrera –prosiguió Amelia, que prefirió cambiar de tema, por no pensar en la influencia que Ben tenía ya en ella; en lo que podría hacerle si se lo propusiera.

–Ya te dije que no hacía falta –Ben pareció sorprendido–. Ya había pagado tu parte yo –añadió.

–Pero yo también quiero contribuir a la causa –replicó, elevando la barbilla.

–Y me parece espléndido –afirmó él, admirado por la generosidad y el buen corazón de Amelia–. Venga, tenemos que ponernos en marcha.

Los motociclistas se reunieron en Market Square y, al aproximarse a ellos, Amelia no pudo evitar relacionarlos con un grupo de los Ángeles del Infierno. Resultaba paradójico que todas esas personas estuvieran allí para ayudar en un acto de solidaridad.

Después de un par de discursos, del alcalde y de los organizadores, los motoristas arrancaron y echaron a correr. Antes de rodearlo por la cintura, Amelia echó un vistazo a un plano en el que aparecían todos los restaurantes en los que iban a parar.

–¿Se supone que vamos a comer en todos estos sitios? –preguntó ella.

–No, pararemos en todos ellos; pero la idea es que creemos tal revuelo con las motos, que la gente salga de sus casas para vernos. Y mientras nos miran, a alguien le entrará hambre y entrará en los restaurantes. Parte de las ganancias que obtengan esta tarde irán para nuestros fondos. Un buen plan, ¿no te parece?

–Sí... Te están saludando muchos participantes –señaló Amelia–. ¿Cuántas veces has intervenido en este espectáculo?

–No sé –se encogió de hombros–. Diez o doce. No supone ningún esfuerzo... y es para una buena causa.

–Será mejor que tengas cuidado –Amelia sonrió–, o todos descubrirán tu secreto.

–¿Qué secreto?

–Que debajo de esa chaqueta de cuero, late el corazón de un ciudadano generoso, trabajador y responsable.

–Nunca te creerían –respondió–. Y mejor así.

Varios restaurantes después, Amelia empezó a cerrar los ojos.

–No vale dormirse –dijo Ben.

–¿Cómo te has dado cuenta? –Amelia sonrió–. ¿Es que tienes ojos en la espalda?

–Tu cuerpo se había relajado –respondió–. Me fijo mucho en tu cuerpo, por si no te has dado cuenta... Empieza a cantar.

–¿Cómo? –Amelia pestañeó sorprendida.

–Que cantes.

–¿Por qué? –preguntó ella, totalmente confundida.

–Porque yo soy el dueño de la moto y yo doy las órdenes.

–Cuéntame otra historia, Conan –Amelia rió.

–Porque te mantendrá despierta –explicó–. Y quiero oírte cantar para mí.

El corazón se le encogió y Amelia tuvo la inquietante sensación de que sería capaz de hacer cualquier cosa por Ben, lo cual no era nada inteligente, dado que se trataba de un hombre transitorio.

–¿Y qué pasa si canto fatal?

–Cantas bien –dijo él–. En tu álbum vi varias fotos tuyas cantando en un coro.

–Pero eso fue hace mucho.

–Es como montar en moto. Nunca se olvida.

–Está bien –se rindió Amelia, viendo que él no se iba a dar por vencido–. Cuando quieras, te unes... *Row, Row, Row Your Boat* –empezó a cantar.

Minutos más tarde, cuando ya creía que se le había acabado el repertorio, se acordó de una canción de Prince.

–¿Cómo es que una chica tan buena como tú se sabe esa canción? –preguntó Ben, en referencia a *Kiss*.

–La escuchaba a escondidas con los cascos cuando era adolescente. Mi madre creía que estaba oyendo ópera, para una clase del colegio. Durante un tiempo, soñé con ser una de esas chicas malas que aparecen bailando en sus videoclips.

–Me dejas de piedra –Ben rió–. ¿Qué habría dicho tu madre?

–Se habría desmayado –contestó Amelia, mientras se imaginaba la escena–. O le habría dado un ataque de nervios.

–¿Y Charles?

Amelia contuvo la respiración un segundo y se preparó para aguantar la dolorosa punzada que solía sentir cada vez que oía el nombre de su difunto marido. Pero en esa ocasión no sintió nada.

–Me habría explicado serena y racionalmente todos los motivos por los que no debería hacer algo así. Me habría hablado del riesgo económico, de la imagen y de la fama. Luego me habría pellizcado el hombro, dando por sentado que la cuestión había quedado zanjada.

–Ya veo –Ben hizo una pausa–. Habría empleado el enfoque del intelectual tiránico.

Amelia abrió la boca para mostrar su desacuerdo, pero vaciló. Nunca había creído que Charles hubiese sido despótico. Nunca había perdido la calma y siempre había parecido dialogante. Excepto cuando las cosas no iban exactamente como él quería. Frunció el ceño y pensó en la forma tan directa y clara que Ben tenía de exponer sus puntos de vista. Tenía mucho genio y podía estar malhumorado. Cuando no estaba contento con algo, lo decía sin rodeos... ¿De veras le gustaba más el enfoque primitivo a lo Conan?

–¿Cansada del sillín? –le preguntó Ben, al ver que Amelia se movía.

–Un poco.

–¿Tienes hambre?

–Sí, ¿y tú?

–De algo más que de comida –respondió. Acto seguido, giró hacia el aparcamiento de un pequeño restaurante en el que servían costillas asadas. Se trataba de la última parada de los motociclistas y, después de hacer un par de piruetas todos juntos, entraron a comer. Ben y Amelia se sentaron en una mesa en la parte trasera del comedor–. Empiezo a pensar que ha sido un error –añadió mientras la empujaba contra la pared y deslizaba las manos bajo el abrigo de Amelia.

–¿Por qué? –respondió ésta, que se sentía como si acabara de recibir una inyección de adrenalina.

–Tenerte pegado durante cuatro horas seguidas sin poder hacerte el amor me está...

–¿Qué haces? –preguntó Amelia cuando Ben le acarició los pechos.

–Ni la cuarta parte de lo que quiero hacer –respondió. Apoyó la frente contra la de él–. Ni la cuarta parte de lo que *voy* a hacer –añadió con una voz ansiosa y deliciosa al mismo tiempo.

–¡Ben! –gritó la voz de una mujer–. No os importa compartir la mesa con nosotros, ¿verdad? –añadió.

Ben apartó las manos del cuerpo de Amelia y se levantó, a su pesar, para ser educado con unos compañeros que también participaban en la exhibición de motos. Los hombres le dieron sendos abrazos y varias palmadas en la espalda, y las dos mujeres le dieron dos besos cariñosos en las mejillas. Ben le presentó a Amelia a las dos parejas, Frank y Loreen y Harry y Liz, y los seis tomaron asiento y en seguida se adentraron en una profunda conversación sobre motociclismo. Amelia atendía e intentaba comprender de qué hablaban, pero usaban unos términos que se le escapaban por completo. Sólo se sentía conectada a ese grupo por la mano de Ben, que estaba apoyada sobre uno de sus muslos.

—Frank, te he visto tirado en la cuneta –comentó Ben–. ¿Sigues teniendo problemas con la cadena?

—Sí, voy a tener que cambiarla.

—Ya va siendo hora –intervino Harry, después de dar un trago de cerveza.

—Ahora han sacado una cadena que va como la seda –apuntó Ben.

—Una Harley no es una Harley si no tiene una cadena de las de siempre –replicó Frank–. Las cadenas de ahora son para cobardicas.

—Debe de ser la primera vez que vienes a una reunión de éstas –dijo Loreen, sonriente, dirigiéndose a Amelia–. Lo digo porque se te ve perdida... ¿Hace cuánto que conoces a Ben?

—Un par de meses –respondió Amelia, a la que en realidad le daba la impresión de conocerlo de mucho antes–. ¿Has participado otros años en esta campaña de beneficencia?

—Unos cuantos –respondió Loreen mientras escrutaba a Amelia con la mirada–. ¿Hace cuánto que montas en moto?

—Estoy aprendiendo ahora –reconoció–. ¿Tú?

—Desde hace cinco años. Formo parte de la directiva del Club de Mujeres Motociclistas, así que siempre estoy buscando nuevos miembros.

Notó que Liz la estaba mirando con curiosidad. Amelia le sonrió, pero aquélla no le devolvió la sonrisa, así que Amelia se limitó a encogerse de hombros, sintiendo que no encajaba allí.

—No te molestes con Liz –le susurró Loreen al oído–. Estuvo saliendo con Ben hace tiempo y aunque ella quería volver a intentarlo, él ya no estaba interesado.

–Ah –dijo Amelia, la cual se preguntó con cuántas antiguas novias de Ben se tendría que ir encontrando–. Tengo que ir al servicio –le dijo a Ben, logrando esbozar una sonrisa.

–Yo también. En seguida vuelvo, chicos –aseguró Ben, poniéndose de pie–. No tardes mucho, Amelia. Las costillas estarán listas en seguida. Después de comer... podremos marcharnos de aquí –añadió susurrándole al oído.

Aquella indirecta compensó la sensación que oprimía a Amelia de no pertenecer a ese ambiente. Abrió la puerta del servicio de mujeres, se lavó las manos y se echó un poco de agua sobre la cara. Se miró al espejo y no pudo negar quién era: una profesora de Historia precavida y no dada a los riesgos. No era una mujer especialmente guapa ni aventurera.

Ella y Ben eran tan diferentes como el día y la noche. Pero, entonces, ¿por qué se interesaba él por ella? Es más, ¿por qué se interesaba ella por Ben? Lo peor de todo, pensó Amelia, era que no era un simple interés. No debía intentar justificar algo que no era lógico ni racional: si sentía algo hacia Ben, mejor sería disfrutarlo.

Animada por la pequeña conversación que había mantenido consigo misma, Amelia regresó a la mesa.

–Una profesora de Historia –estaba comentando Liz, en referencia a ella–. No retendrá a Ben más allá de navidades. Se cansará de ella.

Amelia se paró en seco y encajó la bofetada de aquellas palabras. No es que no hubiera pensado que Ben no fuera a cansarse de ella, pero no por ello le molestaba menos. Además, le dolía escuchárselo decir a otra persona; le dolía que su incompatibilidad fuera tan evidente para los demás.

–¡Ei! –exclamó Ben, agarrándola por detrás–. ¡Tú sí que frenas bien! –bromeó.

–¡Ben! –Amelia dio un respingo y se giró.

–¿Esperabas a otra persona? –la rodeó por la cintura–. ¿Qué te pasa?

–Nada –respondió Amelia, intentando ver en la cara de Ben alguna señal que indicara si él también había oído a Liz.

–Te noto rara –le acarició la barbilla–. Venga, vamos a comer.

–Sí, venga –asintió Amelia, la cual esbozó una sonrisa y se preguntó si sería capaz de probar bocado.

Logró sobrevivir al restaurante después de mucho remover la comida por el plato, asentir y sonreír a todos.

–Encantada de conoceros –dijo Amelia mientras Ben tiraba de ella, quien se giró hacia la salida. Sin embargo, Ben la condujo en dirección contraria, hasta entrar en una habitación del restaurante y cerrar la puerta.

–No has comido nada... has dicho diez palabras como mucho... y no me has mirado durante veinte minutos –le señaló Ben, mirándola a los ojos fijamente.

–Se me quitaron las ganas de comer –respondió, extrañada, pues no había imaginado que él se hubiera dado cuenta.

–¿Por qué?

–Supongo que estaba más cansada de lo que pensaba –respondió, mordiéndose un labio.

Ben la miró con una intensidad que la estremeció y Amelia tuvo que esforzarse por recordar que Ben no tenía poderes milagrosos para leer su mente.

–Eso es una bobada, cariño –contestó Ben, acercándose a ella. Sonrió con amabilidad, pero su expresión reflejaba gran seriedad–. Quiero saber lo que te está molestando y nos vamos a quedar aquí hasta que decidas compartirlo conmigo. Suéltalo.

Capítulo Diez

–No ha sido nada importante –dijo Amelia, aleján-
dose tres pasos de Ben.

–¿Alguno de los chicos te dijo algo desagradable
sin que yo me diera cuenta? –le preguntó, inspeccio-
nándola con cuidado. Se la notaba nerviosa, distante.

–No –se apresuró a denegar–. No.

–¿Entonces? –Ben frunció el ceño.

–Oí algo que Liz le estaba comentando a Loreen
–respondió después de suspirar–. Nada importante.

–Ya, claro –Ben volvió a acercarse a ella–. Nada importante, pero te ha fastidiado la tarde.

–No me presiones –espetó Amelia, lanzándole una
mirada oscura, con un brillo de frustración en sus
ojos.

–Te lo preguntaré con más tacto –insistió Ben, aunque se le estaba acabando la paciencia. Odiaba ver a
Amelia disgustada–. ¿Qué estaba diciendo Liz?

–Prefiero dejar el tema, si no te importa –replicó
ella.

–Me importa –Ben entrelazó los dedos de ambas
manos e hizo sonar sus nudillos.

–¡Está bien! –exclamó, desesperada–. Dijo que yo
no te duraría hasta más allá de navidades. Que me
cambiarías por otra.

–Liz vive en un mundo imaginario y es una bocazas
–Ben imprecó.

–Salías con ella.

–Salí una vez con ella –corrigió él.

–Me da igual –contestó Amelia, desviando la mirada y de nuevo volvió a separarse de Ben–. Tú y yo sabemos que yo no soy la clase de mujer con la que tú...

–Y yo no soy el tipo de hombre con el que tú sueles salir –la interrumpió.

–De modo que es muy probable que lo que decía sea cierto. Yo lo sé y tú también lo sabes. De hecho, creo que lo sabe todo el mundo. Simplemente –se encogió de hombros y suspiró, agotada–, simplemente no me sentó bien oírlo.

Ben odió la expresión de desamparo que vio en la cara de Amelia. Tenía una regla acerca de las promesas y las mujeres: nunca les hacía ninguna. En ese momento, en cambio, estaba deseando hacer cualquier cosa por animar a Amelia.

–Liz no tiene ni idea de lo que dice –aseguró Ben, aproximándose a ella. Elevó la barbilla de Amelia, pero ésta no se atrevió a mirarlo a la cara–. Por eso no quiero compartirte. Quiero guardarte para mí y entregarme sólo a ti. Tú eres diferente...

–Lo sé.

–Diferente en el buen sentido de la palabra –matizó Ben–. Mírame, Amelia: quiero ver esos ojos tan bonitos que tienes... Puede que nadie más lo comprenda. Puede que hasta no lo comprendamos nosotros; pero tú y yo estamos bien juntos –añadió, desgarrado por la vulnerabilidad que apreció en sus ojos.

Demasiado bien incluso, se dijo Ben. Amelia le hacía sentir emociones que nunca había sentido antes. No sabía cómo se las arreglaba para hacerlo, pero ella suponía un reto y un bálsamo para él al mismo tiempo. Si se paraba a pensarlo, lo asustaba comprobar la cantidad de horas que tenía la cabeza ocupada, obsesivamente, pensando en ella.

–Además –prosiguió Ben, notando que Amelia estaba algo menos tensa–, no sé por qué tengo que ser yo quien te deje. Tú también podrías dejarme tirado.

–Eso sí que es una bobada –replicó, mirándolo con escepticismo.

–Oye, podría ser –la agarró y la apretó contra sí–. ¿Quién te dice que no te vas a aburrir de mí?

–*Jamás* me aburriré de ti –Amelia rió y denegó con la cabeza.

–Demuéstramelo –le pidió Ben, excitado por la chispa de deseo que ardía ahora en los ojos de Amelia.

–¿Que te lo demuestre? –preguntó. Vaciló un segundo y luego inclinó la cabeza hacia un lado, seductoramente.

–Sí –Ben le acarició las caderas–. Demuéstramelo.

–Estamos en no sé qué habitación de un restaurante –reparó Amelia, mirándolo como si hubiera perdido el juicio.

–¿Y bien?

–Alguien podría entrar en cualquier momento.

–Ya no –dijo Ben, después de tirar de ella hacia la entrada y recostar la espalda contra la puerta. Introdujo una mano entre sus muslos y notó un destello de excitación en sus ojos.

–Estás de broma, ¿verdad? –preguntó Amelia, cuya voz sonó rugosa de excitación.

–Señorita Amelia –Ben denegó con la cabeza y pegó su cintura a la de ella–, me parece que está usted un poco asustada.

–No estoy asustada –elevó la barbilla–, estoy...

–Atemorizada –la provocó. Le tomó las manos y las introdujo en los bolsillos de los pantalones que estaba llevando él mismo.

–No –aseguró Amelia.

–¿Acobardada? –bajó la boca hasta dejarla a un milímetro de la de ella.

–¿No te gustan las cobardicas? –le preguntó después de rozarle los labios de extremo a extremo y retirarse, dejándole con la miel en los labios.

–Yo no he dicho eso –respondió Ben, a quien la sangre ya le estaba hirviendo.

–Entonces, ¿te gustan las cobardicas? –preguntó,

sacando las manos de sus bolsillos y frotándole por delante del pantalón, mientras se mordía los labios para acallar un gemido.

—Me gustas tú —contestó Ben, el cual guió las manos de Amelia para que ésta le desabrochara el cinturón y le bajara la cremallera.

Le desabotonó el calzoncillo y lo sujetó con las dos manos.

Ben sintió que el cuerpo le echaba fuego y buscó la boca de Amelia para seguir abrasándose, mientras ésta lo acariciaba y rozaba. Notaba ansiedad y calentura en sus manos. Era irresistiblemente dulce, insoportablemente tentadora; una combinación tan letal que lo volvía loco.

Lo que había comenzado como una provocación juguetona, se había escapado del control de ambos. Ben quería verla desnuda, quería estar dentro de ella, toda la noche. Paseó la lengua a lo largo de sus suaves labios y luego la introdujo en el interior, simulando lo que quería hacer con otra parte de su cuerpo.

Amelia se echó hacia atrás un segundo, abriendo la boca para tomar aire, sin dejar de mirarlo ni de masajearlo. Tenía las mejillas encarnadas de la excitación, los ojos le brillaban apasionadamente negros y la expresión de su cara era salvaje y tierna al mismo tiempo.

—Yo... —arrancó Amelia—. Yo... —volvió a intentarlo, en vano. Entonces denegó con la cabeza, como si comprendiera que las palabras no tenían sentido ni cabida en ese momento.

Se fue agachando, rozándole todo el cuerpo, hasta quedar de rodillas frente a él. Sin dejar de mirarlo, se frotó las mejillas contra su sexo y luego lo acarició con la lengua.

Cuando cerró la boca a su alrededor, Ben se estremeció. Ver aquellos labios en torno a él era demasiado erótico.

—Cariño, para —jadeó él, extasiado, demasiado

cerca del límite, mientras le acariciaba el pelo–. No puedo...

Amelia siguió haciéndole el amor con la boca, demostrándole de manera elocuente lo mucho que lo deseaba. Había en sus caricias una cierta y sensual desesperación, como si en vez de estar dando, estuviera recibiendo.

–Amelia –volvió a jadear Ben, instándola con delicadeza a que se apartara–. Cariño, voy a...

–No me hagas parar –susurró ella, apoderándose de su cuerpo y de un pedacito de su corazón.

Amelia estaba tan sumida en la lectura que no oyó a Sherry entrar en la oficina hasta que ésta estuvo frente a su mesa:

–Hola –saludó la amiga.

Amelia cerró la revista que tenía en las manos de golpe, sobresaltada, y se la colocó en el regazo.

–Hola –respondió, esbozando la mejor de sus sonrisas–. No te había oído –añadió.

–¿Qué estabas leyendo? –preguntó Sherry con un retintín de picardía, mientras apoyaba los codos sobre la mesa–. ¿Te has comprado otro catálogo de lencería atrevida?

–No, no, nada de eso –respondió Amelia–. Con un catálogo ya tengo más que suficiente. Definitivamente, no creo que los sostenes de cuero sean nada cómodos.

–Algo perverso será cuando no quieres enseñármelo –insistió Sherry, intrigada–. Vamos, déjame verlo.

–No es nada perverso –respondió Amelia, incapaz de sofocar una pequeña risilla–. Te aseguro que no lo es en absoluto –añadió.

Sherry extendió una mano y movió los dedos, reclamándole la revista.

Amelia suspiró, ahuecando el pelo que le caía por los laterales de la cabeza, y acabó dejando la revista sobre la mesa.

–¡Una revista de motos! –exclamó Sherry, la cual lanzó una mirada de desaprobación–. ¿Tan bajo has caído?

–Muy bajo –respondió Amelia, tragándose una risilla de niña mala, después de recordar lo que había sucedido en la habitación del restaurante, con las mejillas encendidas–. Pero leer esta revista no me rebaja. Es una manera de aprender algo nuevo; y no hay nada de malo en aprender cosas nuevas... Es verdad. ¿Sabías que ninguno de los diez mejores motociclistas del años va en Harley? –añadió al ver la mirada de incredulidad de Sherry.

–¿No me digas? –replicó la amiga, sin mostrar el menor interés al respecto. Cerró la puerta–. Me doy cuenta de que tus neuronas se han tomado unas pequeñas vacaciones para pasear por el parque, o para montar en Harley; pero, Amelia, no me dirás que vas en serio con ese Ben Palmer.

–Ya sé, tienes razón –el corazón se le retorció un poquito–. Pero sí, voy en serio.

–No, no, no, no... De eso nada. Tienes que parar antes de que sea demasiado tarde –la previno Sherry–. Esto es algo así como el Titanic: estás condenada a hundirte.

–Me temo que ya me he hundido –contestó sin apenas voz, mordiéndose el labio inferior–. Pero me niego a que sea una tragedia; voy a hacer que esta relación salga a flote.

–Vamos, Amelia –dijo Sherry, escéptica, denegando con la cabeza.

–Ben me hace bien –aseguró Amelia–. Y creo que yo le hago bien a él. Cosas más extrañas suceden todos los días.

–No mucho más extrañas –murmuró Sherry, que había tomado asiento en la esquina de la mesa de Amelia.

–Quiero ver si esto puede funcionar –prosiguió ésta, cuya esperanza crecía por segundos, a pesar de las dudas de su amiga–, si podemos funcionar como pareja –añadió, entrelazando los dedos con decisión.

–Pero sois totalmente distintos.

–Sí, pero eso no tiene por qué ser tan malo.

–No, pero... –Sherry puso una cara de incredulidad–, vivís en mundos diferentes.

–No hay ningún motivo para que no podamos visitar nuestros respectivos mundos –replicó Amelia, la cual se sentía más animada que de costumbre, con más argumentos con que defender su relación con Ben.

–¿Has conocido a alguno de sus amigos?

–Sí –contestó Amelia, sintiendo un nudo en la boca del estómago–. Y reconozco que me perdí un poco durante la conversación. Por eso, en parte, estoy leyendo esta revista.

–Amelia –la amiga arrugó la nariz–, no sé por qué te empeñas. Tienes que ser consciente de que estáis abocados al fracaso.

–No es verdad. Sé que tendremos que superar ciertas dificultades añadidas, pero yo... –Amelia se había levantado para dar más fuerza a su aseveración, pero, de pronto, no podía continuar. Cerró los ojos y logró contener las lágrimas que la intensidad de sus sentimientos hacia Ben estaba a punto de hacer saltar–. Él se lo merece: merece la pena arriesgarse por Ben; merece la pena intentar que salga bien.

–Me da la impresión de que te has enamorado de él –afirmó Sherry, después de suspirar, mirando a Amelia a los ojos.

Ésta se forzó a cerrar la boca. No podía dar voz a sus sentimientos. Casi le daba miedo reconocer la profundidad de éstos; el efecto que Ben podía tener en su futuro.

–¡Quieres casarte con él! –añadió Sherry, asombrada.

El estómago de Amelia le dio un vuelco triple. En realidad no creía que quisiera ligar su vida tanto a nadie como había hecho con Charles.

–No, no –se apresuró a desmentir–. Simplemente había pensado en invitarlo a la cena de la facultad.

Era un día soleado, demasiado cálido para principios de diciembre. Amelia estaba en medio de un campo mirando una motocicleta a la cual, en principio, debía aprender a domar. Era color verde lima y mucho más pequeña que la enorme Harley negra de Ben. La vieja Suzuki 125 parecía más accesible que imponente.

Trató de mantener los nervios bajo control, se acercó a la moto y tocó su asiento. Como si acariciarla fuera a servirle de ayuda, pensó con ironía.

–Piensa en ella como si fuera una moto indomable. No te confíes –le dijo Ben–. Lo más complicado es lograr una buena coordinación y recordar la secuencia de las marchas. Vamos, súbete.

Amelia se aguantó las ganas de decirle que prefería no matarse durante las clases de aprendizaje. Finalmente, se montó con cautela.

–Esto es lo esencial –prosiguió Ben–. Siempre se empieza en punto muerto. Usa la mano izquiera para el embrague y la derecha para acelerar. También se usa la derecha para el freno delantero, quitando la mano del acelerador.

–De acuerdo –dijo Amelia, asintiendo al mismo tiempo, mientras colocaba las manos en los manillares y trataba de memorizar las instrucciones de Ben–. Creo que podré arreglármelas.

–Eso respecto a las manos.

–¿Cómo? –dijo Amelia, desconcertada. Empezaba a tener la impresión de que aquello iba a ser más complicado de lo que pensaba–. Te diviertes viéndome así, ¿verdad? –añadió al sorprenderlo con una sonrisa perversa.

–Cariño, esto sólo es el principio. La diversión no ha hecho más que empezar –respondió Ben, sin dejar de sonreír. Luego se acercó a ella y la besó–. Usa el pie derecho para el freno trasero. Con el izquierdo, ve pisando para ir metiendo la primera, la segunda, la tercera, la...

–No creo que vaya a llegar a meter cuarta tan pronto –lo interrumpió Amelia, elevando una mano para indicarle que parara. Por el momento, estaba demasiado aturdida–. Me conformo con arrancar y moverme un poco.

–Vale, pero necesito ponerte esto –dijo Ben, el cual se dispuso a rodear la cintura de Amelia con una banda de Velcro.

–¿Por qué? –preguntó ésta, alarmada.

–Está conectada con el motor. Así, si te caes, la moto se detendrá en vez de arrastrarte con ella.

La perturbadora imagen de verse arrastrada por una motocicleta la hizo vacilar y pensarse lo de la aventura de conducir. Amelia miró a Ben y dio un profundo suspiro. Tenía que disimular sus dudas.

–Y ahora arranca –le dijo él. Ella levantó la rodilla e intentó arrancar, pero no tuvo éxito–. ¿Estás en punto muerto? –le preguntó Ben con suavidad.

Amelia murmuró algo impreciso y movió el pie izquierdo para poner la moto en punto muerto. Intentó arrancar de nuevo y, en esta ocasión, la moto empezó a rugir y a vibrar debajo de ella. Intentó presionar el embrague, cambiar de marcha y acelerar, pero la máquina parecía no compenetrarse con ella en absoluto. Dio una sacudida y se caló. Acto seguido, Amelia se cayó por un lateral de la moto.

–Tienes que controlar mejor el embrague –le dijo Ben, el cual corrió a su lado para ayudarla a levantarse.

–¿No hay ninguna moto con marchas automáticas? –preguntó Amelia, mientras se ponía de pie.

–Esas son para cobardi...

–No empieces con el rollo de ser cobardica –lo interrumpió acalorada–. Estoy aprendiendo.

–Tienes razón –concedió Ben, después de quedarse

unos segundos callado, tras los cuales le dio un beso en la mejilla–. Veo que no te has hecho ni un rasguño: parece que hay una mujer de acero debajo de esta piel tan suave –añadió, acariciándole el pelo.

Envalentonada por la palabras de apoyo de Ben, Amelia volvió a intentarlo una segunda vez. Y una tercera. Y una cuarta.

Lo del embrague era un problema complicado, pues cada vez que quería bajar una marcha, la máquina se le calaba y Amelia salía por los aires, aunque apenas se hacía daño, porque aún iba a muy poca velocidad. Atendía a las pacientes instrucciones de Ben y cada vez estaba más decidida a domar ese pequeño monstruo verde lima.

Tres horas más tarde, ya era capaz de conducir durante varios minutos seguidos sin que el motor se le calara por culpa de un mal uso del embrague.

Ben decidió que ya había sido suficiente por ese día y la llevó a su propia casa. Amelia estaba a punto de preguntarle qué tal lo había hecho, cuando Ben dijo:

–Necesito un trago.

–¿Tan mala soy conduciendo? –le preguntó, confundida, siguiendo los pasos de Ben. Éste fue directo hacia el armario que había justo encima de la nevera y sacó una botella de whiskey. Echó un poco en una copa y se lo bebió de un trago–. No puedo haberlo hecho tan mal. Estabas muy sereno –añadió, mirándolo a la cara.

–Es importante mantenerse sereno durante un desastre...

–¡Un desastre! –exclamó Amelia–. Pensaba que no había sido para tanto. Vale, me he caído mucho –concedió.

–Sí –dijo Ben–. He enseñado a mucha gente a montar en moto, pero esto ha sido mortal para mis nervios.

–Estaba un poco asustada –reconoció Amelia–. Lo del embrague era lo peor.

–No –Ben denegó con la cabeza–. Lo peor han sido los frenos. Verte salir por encima del manillar por apretar demasiado el freno delantero... casi me da un infarto –añadió tras respirar profundamente.

–La próxima vez lo haré mejor –dijo Amelia.

–¿La próxima vez? –exclamó Ben, al que se le atragantó una segunda copa de whiskey.

–Pues claro –respondió Amelia, mirándolo fijamente–. Los dos sabíamos que esto me iba a llevar varias clases.

–Amelia, no estoy seguro de si seré capaz de sobrevivir a otra lección –comentó Ben, buscándola con la mirada, respirando hondo para calmarse.

–No me creo que sea la peor conductora a la que hayas enseñado a montar en moto –protestó Amelia, herida en su orgullo, poniéndose firme.

–No eres la peor –respondió Ben después de una breve pausa–. Pero a mí me daba igual que Billy Stevens se rompiera la pierna o se diera un golpe en la cabeza si no hacía caso a mis instrucciones. Sin embargo, no quiero que *tú* te hagas un esguince ni en la uña de un pie.

Amelia sintió que el corazón se le hinchaba por aquella muestra de cariño y preocupación. Sintió un calor interior muy agradable, se acercó a Ben y lo rodeó con los brazos.

–No sabía que uno pudiera hacerse un esguince en la uña de un pie.

–Ya sabes lo que quiero decir –respondió con voz rugosa. Ben bajó la cabeza y tomó la boca de Amelia en un beso delicado y fogoso al mismo tiempo, combinación que la hizo sentir un terremoto dentro del cuerpo–. Creo que deberías buscarte otro hobby –añadió Ben cuando se separó de ella, lo justo sólo para mirarla.

–¿Como qué? –preguntó Amelia, aún sin respiración, aferrándose a él.

–Como remar –propuso.

–¿Remar? –repitió Amelia, parpadeando–. No creo que sea buena idea, ahora en invierno.

–Bueno, ¿y qué tal algo que te permita estar calentita, como... –dejó la sugerencia un segundo en el aire–... como coser?

–Un momento –dijo Amelia, después de denegar con la cabeza–. Eres tú quien me ha estado llamando cobardica por no haber apostado dinero a las cartas, por no haber ido por sitios prohibidos y por no haber montado nunca en moto.

–A mí me parece perfecto que una mujer sea cobarde.

–Ben Palmer –dijo Amelia, tras soltar una risotada y separarse de él–, ése es el comentario más machista que te he oído decir desde que te conozco. He dicho que voy a aprender a montar en moto y voy a aprender.

–No quiero que te hagas daño –replicó Ben, agarrándola por la muñeca y mirándola a los ojos seriamente.

La intensidad de su voz debilitó las pocas defensas de Amelia, la cual jamás había imaginado que Ben hubiera podido llegar a preocuparse tanto por ella.

–Y yo tampoco quiero hacerme daño; pero no puedo pasarme la vida dejando de hacer cosas que me gustan para protegerme o por no enfrentarme a mis miedos. A ti tampoco te gustaría vivir así.

–Contigo es distinto –dijo Ben, visiblemente afectado–. Tú eres importante, demasiado importante. No podría soportar que te lastimaras –insistió.

Las rodillas de Amelia empezaban a flaquearle. Ben podía conseguir que lo quisiera durante mucho tiempo; sobre todo, si seguía hablándole así, mirándola de esa manera.

–Tú también eres importante para mí, pero... –le tomó una mano y entrelazaron los dedos–. ¿Tengo que encontrar a otra persona que me enseñe a montar en moto? Creo que hay clases...

–¡En absoluto! –atajó Ben, con el ceño fruncido–. Si alguien te enseña a montar en moto, ése soy yo.

–Puede que necesites unos nervios de acero para prepararme –comentó Amelia, mordiéndose un labio ante el tono tan apasionado de Ben–. ¿Estás seguro de que quieres hacerlo?

–Me harán falta algo más que *nervios* de acero; pero, por suerte para ti, no es lo único que tengo de acero –comentó, con un brillo pícaro en la mirada.

Amelia recordó lo que tenía pensado proponerle y suspiró profundamente. Era el momento de anunciarle el plan. En parte no estaba muy animada. Además, ese día ya había hecho una cosa que la asustaba. Y estaba convencida de que el paso que iba a dar era mucho más peligroso que aprender a montar en moto.

–Bueno, si de verdad tienes tanto acero en... –se detuvo y sonrió sensualmente–... los *nervios*, me gustaría que hicieras una cosa conmigo el fin de semana que viene.

–¿El qué? –preguntó él, intrigado.

–Acompañarme a una cena de la facultad –respondió, consciente de que acababa de realizar una apuesta que podía desestabilizar la relación tan maravillosa que compartían.

Capítulo Once

Ben la miró en silencio durante un largo y desquiciante segundo, hasta que Amelia pensó que iba a tener que acabar gritando para liberar la tensión. Era una decisión importante para los dos.

–¿Por qué no me habías dicho que te habías dado en la cabeza al caerte? –le preguntó Ben con la cara totalmente seria, tocándole la frente con una mano.

–Vamos, Ben. Estoy hablando en serio –le apartó la mano–. Quiero que vengas conmigo a la cena que la universidad hace antes de las vacaciones de Navidad.

–¿Yo en una habitación llena de profesores acartonados, escuchando música clásica y comiendo galletitas y canapés? –Ben negó con la cabeza.

–Yo no estoy acartonada –replicó Amalia para rebatirle uno de sus argumentos.

–Cierto –aceptó él–. Pero normalmente escondes tu parte salvaje cuando estás en sociedad. Yo no. No soy el hombre adecuado para asistir a ese tipo de cenas.

–¿Me estás diciendo que debería ir con otro hombre?

–No –se apresuró a responder. Luego se tragó un último sorbo de whisky. Suspiró, la miró a los ojos y le acarició los labios con la punta de los dedos–. Amelia, ya hemos hablado de esto. Mientras estemos tú y yo solos, todo seguirá siendo fantástico; pero si empezamos a mezclarnos con el mundo exterior, no funcionaremos tan bien. Todo es genial tal como estamos. Alternar con otra gente no es una buena idea.

–Estuvimos con más gente durante la carrera de motos para la campaña de beneficencia –señaló Amelia, tomando la mano de Ben para guiarle las caricias.

–Exacto: y alguien abrió su bocaza y te hirió –le recordó Ben, tirando de ella para abrazarla–. No quiero que nadie rompa nuestra relación.

–Por supuesto. Yo tampoco quiero que nadie se interponga entre nosotros. Pero yo estoy orgullosa de ti, Ben. Creo que eres el hombre más maravilloso del mundo: eres atractivo, interesante y generoso. De acuerdo, eres un poco salvaje, pero eres sensacional –Amelia logró sonreír, a pesar de la intensidad de las emociones que le estaban oprimiendo el pecho. Lo rodeó con los brazos–. Quiero que todo el mundo tenga la oportunidad de conocerte.

Ben la miró con una mezcla de desconcierto y placer:

–Dios, Amelia... –exclamó, al tiempo que movía la cabeza.

–¿Qué? –preguntó ella.

–No puedo creérmelo. Me das mucho miedo: primero me tienes en vilo montando en esa maldita moto y ahora... –Ben imprecó en voz baja–. Nadie me había dicho jamás algo así –añadió mientras pasaba las manos nerviosamente por su cabello.

–¿Algo así? –repitió Amelia, que estaba encantada por lo halagado que Ben se sentía tras haber escuchado sus últimas palabras.

–Nadie me había dicho nunca que estaba orgulloso de mí –dijo Ben, encogiéndose de hombros.

–Imposible –Amelia sintió un peso en el estómago–. Seguro que tus padres...

–Nunca –negó con la cabeza–. No era un diablo, pero tampoco puede decirse que haya sido un niño fácil –comentó con sarcasmo.

Amelia intuyó aquel vacío de afecto, esa necesidad de cariño que nunca le había sido colmada, y sintió pena.

–Ven conmigo a la cena de la facultad. Déjame que todos me vean contigo –lo instó Amelia.

–No puedo hacer eso –replicó Ben, a quien se le apagaron los ojos–. Estamos mejor solos. Mira lo bien que estamos solos –añadió, dándole un profundo beso en la boca.

Esa noche le hizo el amor con ternura, bellamente. Le besó un cardenal que se había hecho al caerse de la moto y le susurró las excelencias de su cuerpo. Le dijo que lo volvía loco y la sedujo con sus palabras y con su cuerpo. Amelia nunca había experimentado una pasión similar. Él la hacía sentirse viva. Él la llevó hasta la cima una y otra vez... No quería engañarse, pero le parecía que los ojos de Ben le estaban diciendo que la amaba, la amaba, la amaba...

Y, aunque sólo fuera durante esa noche, prefirió pensar que no se estaba engañando.

Colmada y satisfecha en casi todos los sentidos posibles, Amelia se acurrucó entre los brazos de Ben. No podía llevarle la contraria; él tenía razón. De puertas para adentro, eran perfectos.

Cuando Ben se despertó a la mañana siguiente, se giró instintivamente hacia Amelia; pero sus manos se encontraron con un hueco vacío y unas sábanas frías y desocupadas. Se frotó los ojos con el revés de la mano y levantó la cabeza, buscándola con la mirada.

El corazón le saltó cuando la vio. Vestida con la ropa que había usado el día anterior, Amelia estaba de pie, mirando hacia la ventana, con los brazos cruzados sobre la cintura, como si estuviera abrazándose.

Un millar de emociones lo asaltaron de golpe. De alguna manera, Amelia era ya más importante para él de lo que jamás habría sospechado; más de lo que jamás lo había sido nadie. Ella le proporcionaba una sensación de paz que nunca antes había sentido. Por otra parte, también lo perturbaba como nadie lo había conseguido jamás.

–¿Te has levantado con el sol? –le preguntó mientras salía de la cama y se ponía unos vaqueros. Amelia lo oyó, se giró y sonrió, pero sus ojos escondían una mirada lejana...

–Oí a César maullando por su comida.

Ben se acercó a Amelia y colocó una mano bajo uno de esos brazos, para reclamar toda su atención. Día a día, Ben sentía la necesidad de abarcarla más y más.

–¿Me estás diciendo que tus sentimientos por ese gato rivalizan con tus sentimientos hacia mí?

–Ese gato que *tú* me diste –Amelia lo miró de reojo– se cree que es el dueño de la casa.

–¿Y lo es?

–A veces, pero en las cuestiones importantes yo soy la ama.

–Dime una cuestión importante –le pidió Ben, el cual deseó que Amelia no siguiera mostrándose tan distante.

–Haré que lo castren esta semana.

–¡Au! –Ben puso un gesto de dolor–. No me cabe duda de que tú eres la ama –añadió.

–Tengo que irme –dijo Amelia, después de pasar una mano por los hombros desnudos de Ben y de mirarlo, de nuevo, con ese aire ausente.

Él asintió, pero notaba una enorme confusión, una corazonada muy inquietante:

–Deja que me vista y...

–Pero quiero que vengas conmigo a la cena de la facultad –lo interrumpió.

–Creía que ya habíamos solucionado eso –dijo Ben, frunciendo el ceño–. Estamos mejor si no nos involucramos en nuestros respectivos mundos exteriores.

–No. Lo hemos discutido; pero no lo hemos solucionado. Yo sigo sintiendo lo mismo: quiero que todos tengan la oportunidad de conocerte –Amelia vaciló y respiró con cuidado, como si estuviera reuniendo fuerzas o valor para proseguir–. Estoy enamorada de ti –añadió, mirándolo directamente a los ojos.

Sus palabras le atravesaron el corazón como si hubieran sido arrojadas con un arco. Estaba tan desconcertado que estuvo a punto de caerse de espaldas. Nunca había sentido una felicidad y un temor tan intensos al mismo tiempo. Abrió la boca para tomar aire.

–Yo...

–Tú no tienes que responder nada. Simplemente, tenía que decírtelo. Iba a reventar si no lo hacía –lo interrumpió, denegando con la cabeza. Entonces se encogió de hombros, relajó la expresión y sonrió. Después se separó un poco–. Lo que siento por ti es muy grande. Me oprime desde dentro y desde fuera. Eres el tipo de hombre que me hace querer crecer, mirar más allá de mis fronteras. Esconder lo que siento por ti no tenía ningún sentido. Y confinar nuestra relación a tu casa y a la mía no va a ser suficiente. Quiero conocerte tanto como me permitas y yo quiero que tú me conozcas igual. Da miedo, porque nuestros mundos son muy diferentes; pero conocerte me está ayudando a ser un poco menos temerosa.

Ben se mesó el pelo con una mano y comenzó a pasear. Seguía estupefacto por la declaración de Amelia. Sabía que no era la clase de mujer que decía esas palabras a la ligera. Las había oído en otras ocasiones en boca de otras mujeres y había sentido un peso enorme. Pero esta vez era diferente. Masculló algo ininteligible y se detuvo frente a ella.

–No quiero que perdamos lo que tenemos porque alguno de nuestros familiares, amigos o compañeros de trabajo digan alguna tontería sobre nosotros.

–¿Y quién dice que tenemos que perder? –preguntó, sonriendo, como si estuviera intentando rebajar la gravedad de lo que estaban tratando.

Pero Ben tenía una terrible premonición de que

aquello acabaría desastrosamente. Sentía que era un tren descontrolado a punto de descarrilarse.

El árbol de Navidad de la Universidad de Salem estaba decorado con bolitas de cristal coloridas, lucecitas blancas brillantes y espumillón de muy diversos tonos. La mesa donde se servía la comida estaba cubierta por un mantel rojo y blanco con un estampado de rosas. De fondo, una música relajante confería a la reunión un aura elegante.

Sin embargo, Amelia sólo podía escuchar, en la trastienda de su cabeza, una triste canción de Elvis Presley.

«No va a venir», pensó después de mirar el reloj por enésima vez en los últimos quince minutos.

–No va a venir –dijo Sherry.

–Puede que sí –replicó Amelia, procurando doblegar sus propias dudas e intentando no sonar a la defensiva. Había deseado tanto que Ben la hubiera acompañado...

–No vendrá –repitió Sherry–. Pero estás despampanante con ese vestido. ¿Dónde lo has comprado?

–Gracias. Lo encontré en un catálogo de venta por correo –contestó. Luego saludó con aire distraído al decano de la universidad, mientras dirigía la mirada una vez más hacia la entrada.

–Deja de mirar –le recomendó Sherry, la cual la instó a que se acercara a la mesa, en la que ya habían servido unos aperitivos–. Come algo. Además, quiero presentarte a... ¡Dios mío!

Amelia se giró de golpe en dirección a la puerta.

–Calma, Amelia –prosiguió Sherry–. ¿Es que no vas a cerrar la boca? Como sigas encendiéndote vas a acabar brillando más que el árbol de Navidad...

Pero Amelia no oyó nada de lo que Sherry le había dicho. Sólamente vio a Ben y el corazón le empezó palpitar el doble de rápido. Estaba de pie, en la entrada, vestido con su chaqueta de cuero, como siempre. Nada más se había quitado el pendiente de la oreja. La canción melancólica de Elvis desapareció y el *Aleluya* de Handel lo sustituyó en su lugar.

¡Había ido! Amelia miró con disimulo: ¿qué tipo de corbata llevaba? Ben parecía lo suficientemente incómodo como para darse media vuelta y marcharse, así que Amelia se apresuró a ir a su encuentro.

—¡Has venido! —exclamó ella, sonriente.

—He venido —respondió Ben, asintiendo y mirando alrededor.

La sonrisa de Amelia se expandió aún más ante la total falta de entusiasmo que percibió en la voz de Ben. Era evidente que estaba haciendo un gran esfuerzo por ella. Metió un brazo por el izquierdo de él y comentó:

—Buenas noticias: hay albóndigas.

—Ya lo veo —respondió Ben, mientras echaba un vistazo al resto de los asistentes.

—Vamos —Amelia rió—. Voy a presentarte a todos.

—Te sigo —aceptó Ben, el cual tomó una copa de vino que había sobre una mesita.

—Sólo por curiosidad —arrancó Amelia mientras iba en busca de Sherry—, ¿dónde has dejado tu pendiente? —se atrevió a preguntarle.

—En el bolsillo —respondió.

—Ben, ésta es Sherry Kiggis. Ella fue la que me llevó al club Thunderbird.

—Encantado de conocerte —dijo él—. Estoy en deuda contigo.

—Sí que lo estás: Amelia es una joya preciosa; pero estoy segura de que tú ya te has dado cuenta de eso —dijo después de examinarlo con la mirada y asentir, como dándole el visto bueno—. Bonita corbata —añadió.

—Muchas gracias. Se lo diré a mi sobrino, Davey. Ha sido él quien me la ha elegido —contestó—. Y tienes razón con Amelia: es una verdadera joya —agregó.

—Basta de joyas —dijo Amelia, cuyas mejillas se estaban sonrojando, embarazada por tanto halago.

–La abertura de tu falda es de lo más provocativa –dijo Ben al oído de Amelia mientras ambos se alejaban de Sherry–. Llévame a casa, quítate la ropa y líbrame de este tormento.

–Deja de tentarme –replicó Amelia, cuya excitación crecía por segundos–. Todavía me tengo que pellizcar para terminar de creerme que hayas venido.

–¿Eso es un sí?

–Es posible.

–¿Ahora mismo?

–Después –respondió con firmeza–. Hombre, ahí viene el profesor Allbright. Da clases de Cálculo y es el director del departamento de Matemáticas –le explicó al ver que el susodicho se acercaba a ambos.

–Debo decirle que cateé Álgebra en el instituto –le dijo Ben al profesor mientras le estrechaba la mano con una amplia sonrisa.

–Probablemente tendrías mejores cosas que hacer en el instituto que aburrirte con el Álgebra –contestó el profesor Allbright, asintiendo con la cabeza.

–Probablemente –Ben rió–. Siempre pensé que esas fórmulas estaban concebidas para hacer que la cabeza nos explotara.

–¿Y ahora? –los labios del profesor Allbright se curvaron hacia arriba.

–Ahora me las arreglo con la Aritmética. Soy propietario de un negocio de coches de importación y tengo que llevar bien las cuentas para llevar una gestión eficaz.

–¿De veras? –el profesor Allbright enarcó las cejas–. Acabo de oírle decir al decano que estaba pensando en comprarse un Mercedes.

–Hay que tener cuidado –comentó Ben, después de inclinar la cabeza hacia un lado, como meditando–. Algunos Mercedes son fantásticos, pero otros no dan tan buenas prestaciones. Basta con tener un poco de experiencia en coches para darse cuenta de cuál es cuál.

–¿En serio? –el profesor localizó al decano y lo

instó a que se uniera a ellos, moviendo una mano–. Decano Ericson, tenemos a un experto en automóviles.

En seguida, Amelia y Ben estaban rodeados de varios miembros de la facultad. Él se pasó la siguiente hora respondiendo a las preguntas que le hacían unos y otros acerca de distintos coches. Por su parte, Amelia había deseado que lo recibieran bien; pero incluso ella estaba sorprendida por la forma en que sus colegas congeniaban con Ben. Era como si se alegraran de poder hablar de algo que no tuviera nada que ver con el mundo académico.

–Interesante acompañante el que ha traído, Amelia –le dijo el decano, dándole una palmadita en el hombro, cuando ella y Ben se disponían a marcharse.

–Gracias. Yo también lo creo –Amelia sonrió.

–Estoy deseando ver a quién nos traes la próxima vez –dijo entonces el decano, justo antes de marcharse.

Amelia se quedó mirándolo, confundida. Mientras iban a casa, en cambio, comprendió lo que el señor Ericson había querido decir, y frunció el ceño. El decano había pensado que Ben era como un juguete nuevo que se había comprado, el cual cambiaría para la siguiente fiesta. Le entraron ganas de darle una patada a alguien.

–Maldito idiota –murmuró mientras bajaban del coche, hacia el porche de la casa.

–¿Cómo dices? –preguntó Ben.

–Nada –respondió Amelia–. ¿Qué quieres de beber?

–Estás enfadada por lo que dijo el decano al despedirnos –adivinó Ben, el cual le agarró una mano y la sentó junto a él en el sofá–. Ya te dije que...

–No se te ocurra decirme «ya te dije que» nada. En general, casi toda la velada fue mejor incluso de lo que me esperaba; y no digamos de lo que tú te esperabas.

–Ya –dijo Ben en un tono neutro mientras asentía y la colocaba sobre su regazo.

–Los has dejado fascinados –dijo Amelia.

–Eso es exagerar un poco, ¿no te parece? –replicó Ben, mirándola con una ligera incredulidad.

–Bueno, pero les has caído bien.

–No te des cabezazos contra la pared, cariño –Ben apoyó la frente sobre la de ella–. No nos ven mucho futuro como pareja.

Amelia pensó durante un largo segundo en lo que Ben acababa de decir. Ella quería que todo el mundo supiera lo increíble que era Ben. Quería que todos vieran la buena pareja que hacían; pero lo que Ben pensaba era mucho más importante para ella.

–¿Y tú qué ves, Ben?

–Yo veo a una mujer preciosa, por fuera y por dentro –sonrió, le acarició una mejilla y luego bajó por el cuello, la cadera, la cintura y se posó sobre un muslo–. Veo un vestido maravilloso que te vas a quitar dentro de nada... Veo a una mujer peligrosa –añadió después de una breve pausa, con expresión seria.

–Yo no soy peligrosa –dijo Amelia, sorprendida y conmovida, con un nudo de emoción en la garganta.

–Para mí sí lo eres.

–Ben nació en diciembre –informó Maddie a Amelia, mientras hablaban por teléfono–. Pobre: con eso de que está tan cerca de navidades, nunca se celebraba mucho su cumpleaños. Como mis padres están pensando en hacer un crucero durante estas fiestas, había pensado en organizar una cena para él en mi casa, el día anterior a la víspera de Navidad. ¿Te apuntas?

Amelia recordó el recelo de Ben a que ambos compartieran sus respectivos mundos y sintió un latigazo de dolor:

–Me encantaría, pero... –dobló el cordón del teléfono, sin saber muy bien qué excusa poner.

–¿Estás ocupada?

–No, pero...

–Seguís saliendo juntos, ¿verdad?

–Sí, pero...

–Entonces vienes –zanjó Maddie con alegría.

–Puede que Ben prefiera que fuese una fiesta exclusivamente familiar –replicó Amelia, después de tragarse un suspiro, batallando entre sus ganas de acudir a la celebración y su intención de respetar los deseos de Ben– y como es su cumpleaños...

–Nunca se ha comportado de una forma tan rara antes –comentó Maddie–. Es verdad que siempre le ha gustado llevar muy en privado su vida amorosa; pero contigo es como si se tratara de un caso secreto de espionaje y tú fueras el presidente, al que hay que proteger de todo. ¿Te gustaría venir si lo aclaro antes con él?

–Por supuesto...

–Entonces le diré que te he invitado –afirmó Maddie con decisión–. Quedamos para el día anterior a la víspera de Navidad. Nos vemos.

Amelia intentó contestar, pero Maddie ya había colgado cuando fue a articular palabra. Colocó el auricular sobre el teléfono y se hundió en una silla. César saltó sobre su regazo y elevó la cabeza pidiéndole que lo acariciara. Amelia sonrió: seguro que él no tenía tantas preocupaciones y se sentía un gato especial y querido.

Claro que Ben Palmer, sin duda, también era muy especial. Cada día que pasaba, mayores eran los deseos de Amelia de estar con él más y más tiempo. Era de locos, pero hasta la molestaba tener que despedirse de él cuando Ben se marchaba a su casa por la noche. Se preguntó si él sentiría la misma frustración. Desde la carrera de motos para la beneficencia, no había vuelto a decir nada de que aquella relación fuera temporal o pasajera.

Amelia nunca había sentido algo tan fuerte por su difunto esposo. Y ser consciente de eso la hacía sentirse culpable en algunas ocasiones. Después de todo, Charles y ella se habían hecho promesas para compartir toda su vida juntos.

El último año, sin embargo, había cambiado a Amelia y eso se reflejaba en su aspecto, en su casa y hasta en el trabajo. Se sonrió cuando pensó en una tarea que había puesto recientemente en la clase de Historia. Sus alumnos tenían que escribir un ensayo acerca de alguna mujer que hubiera realizado alguna contribución importante a la Historia de Estados Unidos. Algunos de los chicos habían protestado, pero ella había disfrutado con aquella oportunidad de fisgonear en lo que aquellas cabecitas pensaban. Y había quedado más que satisfecha con los resultados.

Nada que ver con los anteriores años, en los que Amelia siempre había llevado las clases de acuerdo a lo establecido, sin salirse un milímetro de la norma. Le había parecido más seguro. Ahora, en cambio, estaba aprendiendo, poco a poco, a desarrollar su propia creatividad y a gozar de ésta.

Con Ben se sentía más viva y más contenta consigo misma. Más que nunca en toda su vida. Él hacía que cada día fuese una aventura. Él suponía un estímulo, un reto para ella. Él le regalaba naranjas y la animaba a que creciera como persona autónoma.

Esos pensamientos eran placenteros, pero Amelia sentía una especie de corriente subterránea de algo que olía y sabía a miedo. Era un sentimiento punzante que emergía a la superficie de vez en cuando, como si algo no fuera bien... Más que nada, era el hecho de que Ben nunca le había dicho con palabras que la amaba. Le había demostrado su amor hacia ella de muchas maneras, pero nunca lo había expresado en voz alta.

Pero daba igual. Ella no necesitaba que la tranquilizara con palabras, para saber que lo que compartía con Ben era una relación muy especial... trató de convencerse. También se dijo que no era una mujer tan convencional como para tener que acabar casándose. Seguro que era mucho más abierta que todo eso... ¿o no?

Capítulo Doce

Maddie, su esposo Joshua y Davey saludaron a Amelia y a Ben desde la puerta delantera de la casa.

–¡Felicidades, tío Ben! –gritó Davey al tiempo que corría a enredarse entre las piernas de éste–. Mamá dice que cumples treinta años. ¡Qué mayor eres!

Amelia rió ante la expresión desconcertada que vio en la cara de Ben.

–Antes de que te des cuenta –le dijo a éste–, te tomará por un anciano y te intentará quitar la Harley.

–De eso nada –intervino un joven que estaba justo al otro lado de la puerta–. La Harley la vi yo antes. Felicidades, hombre mayor –se burló.

–Tú ríete; pero de mí no conseguirás ni una Vespa de tres al cuarto –Ben le dio un abrazo al joven y luego se giró hacia Amelia–. Éste es Patrick, el hijo de Joshua. Se ha escapado de su universidad para venir a casa.

–También es *mío* –apuntó Maddie.

–Mientras ella cocine, soy todo suyo –comentó Patrick.

–Mi hijo se guía sólo por el estómago –dijo Joshua, fingiendo disgustarse.

El grupo intercambió saludos amigables durante un rato y, aunque Amelia necesitó un par de explicaciones, al final se enteró de que Joshua se había casado con Maddie unos pocos años después de que ésta diera a luz a Davey, y que Patrick era el resultado de una relación anterior entre Joshua y otra mujer. A juzgar por el cariño tan natural y espontáneo que se tenían, nadie habría pensado que no compartían la misma sangre.

Todos se apresuraron a abrazar a Amelia para darle una cálida bienvenida y se mostraron curiosos e hicieron bromas sobre ella y Ben, hasta hacerla sentir que era parte imprescindible de esa celebración tan especial. Sin separarse nunca mucho de su lado, Ben le rozaba la parte trasera de la cintura o, en ocasiones, le agarraba una mano. Su proximidad le servía de recordatorio de que sus sentimientos hacia él se hacían más intensos segundo a segundo. Si no tenía cuidado, podría acabar deseando algo más, mucho más de lo que él estaría dispuesto a darle jamás.

Los hombres se encargaron de preparar la cena: unas costillas con patatas asadas, deliciosamente preparadas. Amelia felicitó a los cocineros y éstos aceptaron con una sonrisa de sincero agradecimiento.

–Y ahora el postre –dijo Maddie mientras traía una tarta de chocolate, encendida con treinta velas–. No tenía pensado ponerle tantas velas, pero Davey insistió y no me quedó más remedio. He llamado a los bomberos para que estén alertas... por si acaso –añadió con ironía.

Después de cantarle un *Cumpleaños Feliz* ligeramente desafinado, llegó el momento de pedir un deseo y apagar las velas.

–Esperemos que no incendies la casa –bromeó Joshua.

–Ya ves tú quién habla. El joven del grupo –replicó Ben para devolverle la pulla.

–Sé bueno –intervino Maddie, esbozando una sonrisa inocente–. Joshua no tiene la culpa de ser el más viejo.

Éste le dio un cachete en el trasero juguetonamente y la sentó sobre su regazo.

–Venga, apaga las velas de una vez –le dijo a Ben.

Éste se encogió de hombros, cerró los ojos un momento y luego sopló con fuerza hasta no dejar ni una sola vela encendida.

Amelia habría cambiado un año de su vida por saber lo que Ben había deseado. Habría cambiado su casa por formar parte de su vida para siempre; por tener un lugar en su corazón para siempre. El pecho se le retorció al descubrir la intensidad de sus sentimientos hacia Ben, el cual no tardó en girarse hacia ella y darle un beso.

–¿Qué te pasa? –le preguntó él en voz baja, que había notado que Amelia estaba a punto de echarse a llorar, de emocionada que estaba.

–Nada –pestañeó para evitar que le cayeran más lágrimas y denegó con la cabeza, sonriente–. Sólo que me alegro de estar aquí.

–Yo también –dijo él.

Y Amelia contuvo la respiración al recibir la enloquecedora mirada que Ben le lanzó. Casi parecía que... Casi.

Después de que devoraran la tarta, Maddie condujo a todos hasta el salón.

–Para celebrar que mi hermano ha sobrevivido a un año más, y a que yo he sobrevivido siendo su hermana a pesar de su alocada, temeraria, testaruda...

–Nos hacemos una idea, Maddie –intervino Joshua, después de aclararse la garganta.

–En honor a ti –prosiguió ella, dirigiéndose a Ben y apuntando con un dedo hacia el televisor–, tengo el honor de presentar el vídeo «Vida y milagros de Ben Palmer».

La primera imagen que se vio era la de una niña pequeña, Maddie, sujetando en sus brazos a su hermano Ben cuando éste era un bebé. Parecía una escena muy entrañable, hasta que Ben empezó a berrear y Maddie se tapó los oídos con los dedos.

–¿Dónde has encontrado esto? –preguntó Ben.

–Mamá y papá me dieron total libertad para mirar los vídeos que grabaron cuando éramos pequeños.

–Genial –exclamó mortificado–. Perdona por hacerte pasar por esto, Amelia. No sabía que Maddie hubiera planeado convertirme en estrella de cine para la ocasión –añadió, dirigiéndose a aquélla.

–¡Si me parece perfecto! –exclamó Amelia, al tiempo que le daba un pellizquito en la mano–. Quiero verlo entero. Esto es mucho mejor que un viejo álbum de fotos.

Ben emitió un raro sonido de resignación, pero entrelazó los dedos con los de ella.

Un minuto más tarde, se veía a Ben, todavía un bebé, jugando con un cochecito de juguete. Luego aparecía gateando a toda velocidad con un tacataca.

–Ha sido así desde el principio –dijo Maddie–. Siempre le gustó todo lo que tuviera ruedas. Comenzó a ponernos los pelos de punta desde muy pequeñito, cuando se cayó por las escaleras con el tacataca. A mamá casi le da un infarto, pero cuando lo recogió, Ben estaba sonriendo tan campante.

Amelia degustó aquellas imágenes en las que se apreciaba la transformación de Ben, de bebé a niño, cuando montó en su primera bicicleta.

–Tendrías siempre las rodillas llenas de arañazos –le comentó al oído.

–Sí –asintió Ben–. Y también tenía muchos rasguños en los codos.

–No hay imágenes de cuando montabas con las ruedas pequeñas de apoyo –observó Amelia.

–Por supuesto que no. Ya te dije que eso era para...

–Cobardicas –se adelantó Amelia–. Y está claro que tú siempre has sido muy lanzado desde pequeñito –añadió.

Ver a Ben de pequeño fue un regalo para su imaginación y su corazón. Se preguntó si un hijo o una hija de éste se parecería a él; si sería tan intrépido y tan aficionado a las ruedas como él. Amelia se permitió fantasear durante un par de segundos con la idea de ser ella la mujer que le daba un hijo. Era un deseo profundo y tuvo que respirar hondo para aliviar el dolor que le producía.

Entonces apareció un grupo de chavales con pinta de niños traviesos, delante de un árbol en el que habían construido una caseta.

–El Club de los Chicos Malos –dijo Ben mientras esbozaba una sonrisa nostálgica.

–El terror del barrio –añadió Maddie.

Después se vio a Ben, ya de adolescente, sobre su primera moto. Parecía tan orgulloso que a Amelia le dio un vuelco el corazón.

–Y ahora vienen las mujeres –prosiguió Maddie, cuando apareció una chica rubia, de pelo largo, sentada con Ben en la moto–. ¿Recuerdas su nombre?

–¿Debbie?

–Gail –corrigió Maddie–. ¿Y ésta? –preguntó, refiriéndose a otra chica.

–¿Lisa?

–Kara –Maddie rió.

–No tendrás grabadas a todas, ¿no?

–No tenía dinero para tantas cintas –bromeó la hermana–. En los últimos años te has calmado mucho, pero parece que tendremos que drogarte o golpearte en la cabeza para llevarte al altar.

–Ya está otra vez con la misma historia de siempre –le comentó Ben a Amelia–. Ahora que ella está casada, no soporta la idea de que otras personas sean solteras y vivan tan felices.

Sonrió y se quedó esperando a que Amelia dijera algo; pero ésta no pudo articular palabra alguna. Un nudo en la garganta se lo impedía.

Amelia deseó que Ben no pudiera leer sus pensamientos. Desvió la mirada hacia la televisión:

–¿Qué es eso? –preguntó, al ver a Ben levantando polvo con una moto.

–Una de las competiciones de trial a las que me apuntaba años atrás –respondió.

–¿Cómo te las arreglaste para no matarte? –preguntó, preocupada a posteriori al ver los giros tan peligrosos que Ben daba con la moto.

–Observa –replicó Ben. Entonces se le vio perdiendo el equilibrio, cayéndose por la ladera de una colina.

–¡Dios, qué espanto! –exclamó Amelia, acongojada–. ¿Tuviste que ir al hospital?

–Esa vez no –presumió. La moto se detuvo y cuando Ben se levantó y se quitó el polvo, una mujer fue corriendo hacia él y le dio un fuerte abrazo–. Creo que ya has visto suficiente –añadió, tapándole los ojos con una mano.

Amelia miró entre los dedos, pero la anterior escena había acabado. Ver a Ben realizar piruetas más y más arriesgadas le pusieron los pelos de punta. Sabía que le gustaban los riesgos, pero no hasta qué punto. Se preguntaba qué le llevaba a exponer su vida a tales peligros. Se preguntaba si sería siendo igual.

Ben miraba al joven temerario que había sido y notaba las uñas de Amelia sobre una mano.

–¿Te pasa algo? –le preguntó.

–No...

–Entonces, ¿por qué me estás despellejando la mano?

–¡Uy, perdona! –se disculpó.

A pesar de que el momento de peligro había sucedido años atrás, Ben notó que Amelia se preocupaba por él y eso lo complacía.

–En el vídeo parece mucho peor de lo que en realidad era –comentó, rodeándola por los hombros.

–Sí –dijo ella sin mucha convicción.

Sintió que Amelia respiraba aliviada cuando unas últimas imágenes lo mostraban vestido de Papá Noel, llevando un saco lleno de regalos sobre su actual Harley.

Todos aplaudieron al final y, acto seguido, Davey le dio un regalo:

–Ábrelo.

Ben abrazó a su sobrino para darle las gracias por la enorme bolsa de caramelos que le había regalado.

Después de abrir los presentes de los demás, Amelia le dio una pequeña cajita.

–¿Qué es? –preguntó con curiosidad.

–Tienes que abrirla para descubrirlo –respondió Amelia, sonriente.

–¿Animal, vegetal o mineral?

–Vegetal –respondió–. Aunque alguien podría decir que animal. Sobre todo, muchas mujeres –añadió con ironía.

–¿Un regalo para hombres?

–Puede ser –se encogió de hombros.

–¿Dos entradas para ver a los Chicago Bulls? –preguntó sorprendido, al ver las dos tiras de papel.

–¡Los Bulls! –exclamaron Joshua y Patrick al unísono.

–¿Es una broma? –le preguntó Ben a Amelia.

–En absoluto –Amelia pareció ofendida.

–Tienes dos entradas –dijo Patrick–. Yo puedo ir contigo.

–No tan deprisa, pequeño –intervino Joshua–. Yo iré con Ben.

–Dado que es el cumpleaños de Ben –arrancó Maddie, para poner paz–, ¿no creéis que debería ser él quien decida quién lo acompaña?

–Gracias, Maddie –dijo Ben.

Entonces llegó la hora de que Davey se acostara, circunstancia que Ben aprovechó para marcharse.

–¿Sigues pensándote la oferta que te hicieron por tu negocio de coches? –le preguntó Joshua, cuando ya estaban en la salida–. ¿De verdad vas a venderla para dar una vuelta al país en moto?

–No lo sé –respondió Ben, después de mirar a Amelia–. El comprador me ha ofrecido aún más dinero; pero quiere una respuesta la semana que viene.

–No se te ocurrirá vender ¿no? –intervino Maddie.

–Todavía no lo he decidido –contestó Ben–. Nunca planeé ser jefe de nada y el negocio me trae muchos quebraderos de cabeza. Este tipo de oferta no llega todos los días.

–Pero...

–Ya es adulto, Maddie –dijo Joshua, rodeando a su esposa por la cintura–. Ben tomará la decisión más adecuada.

Ben notó la expresión preocupada de su hermana, pero se despidieron y se marcharon en el coche de Amelia. Como hacía un frío helador, ésta lo había convencido para llevarlo en su coche a casa.

–¿Cómo conseguiste las entradas para el partido de baloncesto? –le preguntó Ben, inquieto por lo callada que Amelia estaba–. ¿Amelia? –la llamó, al ver que ésta no reaccionaba.

–Sí, perdona –pestañeó–. No te había oído.

–Las entradas para ver a los Bulls, ¿cómo las conseguiste?

–Pregunté al entrenador de baloncesto de la universidad y me dio un par de números de teléfono –contestó, esbozando una ligera sonrisa–. No pensé que fuera a provocar una especie de guerra civil entre Patrick y Joshua.

–Se mueren de envidia –dijo Ben, preocupado por la tensión que notaba en Amelia–. A los dos les gustaría tener una mujer tan lista que pudiera hacerles un regalo así.

–No creo que Joshua cambiara a Maddie por un abono para ver a los Bulls –replicó Amelia.

–Puede que no –bromeó Ben–. ¿Qué te pasa esta noche? Pareces tensa –añadió tras una breve pausa.

–El vídeo estaba genial, pero ha sido horrible verte hacer esas piruetas tan peligrosas y ver cómo te caías –se estremeció–. Me habías dicho que antes eras más alocado, pero ahora conduces tan bien y con tanta precaución que no podía imaginarme algo así.

–Ya te digo que es historia –le aseguró–. Ya no soy el mismo de antes.

–¿Seguro? –insistió Amelia–. ¿Nunca te entran ganas de participar en algún concurso de obstáculos de ésos?

–Hace mucho que no –se acercó a ella–. No tendrás miedo de que vaya a matarme, ¿no?

–¡En serio, Ben! No soportaría que te hicieses daño. Yo... No es que tenga derechos sobre ti. Me doy cuenta de que nuestra relación... es temporal. Pero me preocupo por ti y no quiero que tengas ningún accidente –contestó, vacilante.

–Ahora soy muy precavido –la tranquilizó–. No tienes por qué preocuparte, cariño.

Amelia asintió con la cabeza y giró hacia la calle que daba a su casa. Permanecieron en silencio varios segundos.

–¿Te molestó verme con tantas mujeres en el vídeo? –le preguntó Ben por fin.

–Ni la mitad que verte hacer tantas burradas con la moto –respondió–. Aunque es evidente que siempre tenías a una chica al lado.

–Casi todo el vídeo era de hace muchos años –Ben pensó si no habría sido mejor que Amelia no lo hubiera visto, aunque se alegraba porque así podría ver el hombre en el que se había convertido, después de ser el salvaje que había sido de joven.

–Bueno, ¿piensas en serio lo de vender el negocio? –le preguntó después de aparcar el coche.

–Es una oferta buena. Sería de tontos no considerarla.

–¿Y qué harás si vendes?

–Siempre quise cruzar el país en moto. Sin reservas de hotel, sin horarios, sólo seguir la carretera.

–¿Y has pensado en lo que harías después? –Amelia intentó sonreír, pero no lo logró del todo.

–En realidad, no –confesó Ben–. Puede que encuentre algún otro sitio donde vivir durante una temporada. No sé qué pasaría. Creo que eso es lo que más me atrae: cada día sería nuevo y no me sentiría atrapado.

–¿Te sientes atrapado ahora? –quiso saber Amelia.

–Lo he estado. Últimamente no, pero... –intentó

descubrir cuándo había dejado de sentirse asfixiado–. Mi comprador quiere una respuesta antes de fin de año, así que me decidiré esta semana.

–Tendrás que pensar en muchas cosas.

–Sí –respondió Ben, deseando saber qué se escondería en la mente de Amelia–. Pero en estos momentos sólo estoy pensando en ti. ¿Te asustó la familia de mi hermana?

–En absoluto. Son cariñosos y entrañables. Tienes suerte –lo miró a los ojos–. Y ellos también tienen suerte de tenerte.

–Eso sólo lo dices tú.

–No es verdad: seguro que Davey también lo diría –replicó Amelia–. Y es posible que hasta Maddie.

La miró con suavidad y sintió una necesidad que invadía ciertos lugares recónditos de su corazón. La deseaba en cuerpo y alma. Y ella lo amaba y era capaz de hacer que él sintiera ese amor con unas pocas palabras.

Tomó sus labios, buscando detrás el corazón de Amelia, y se besaron hasta que ya no podían casi respirar.

–Podría poseerte ahora mismo, en el asiento delantero del coche –susurró Ben.

–Y yo te lo permitiría probablemente –Amelia cerró los ojos y trató de recobrar el juicio–. No puedo invitarte a pasar la noche en casa. El avión de mi madre llega mañana temprano.

–Está bien –se resignó Ben. El aire de la noche golpeaba su cara como si fuera una palmada de aftershave. Notaba que Amelia estaba molesta con algo, pero no conseguía discernir con qué–. ¿Cuánto tiempo se quedará tu madre contigo?

–Cinco días –respondió en tono ausente–. Pero vienes mañana a cenar con nosotras, ¿verdad?

–No me lo perdería por nada del mundo –Ben sonrió y pensó en todas las madres a las que le habían presentado y él había horrorizado–. ¿Estás segura de que es una buena idea? Las madres suelen ponerse nerviosas conmigo.

–Estoy convencida de que es una idea estupenda –Amelia elevó la barbilla–. Quiero que mi madre te conozca.

–Está bien –Ben se acercó y le dio un beso de despedida.

–Felicidades, Ben. El mundo es un lugar mejor gracias a ti. Me alegro de que nacieras –le dijo con todo el corazón.

Aquellas palabras le sonaron tan tiernas como una caricia; sin embargo, al llegar a casa, Ben tuvo la impresión de que había percibido cierta tristeza en los ojos de Amelia.

Capítulo Trece

Saltaba a la vista que era toda una dama. Su cabello ya había encanecido y sus ojos tenían un brillo de calidez e inteligencia.

–Tengo entendido que has estado enseñando a Amelia a conducir en moto –le dijo a Ben mientras estaban sentados en la mesa–. ¿Qué tal va?

–Casi dimito después de la primera lección –confesó Ben–. Pero tu hija no me lo permitió.

–A Amelia siempre le ha costado mucho adaptarse a cualquier cosa con ruedas –Grace sonrió–. Mi esposo casi se queda calvo de los nervios cuando la enseñó a montar en bici.

–He dado tres clases y Ben dice que casi estoy lista para salir a la calle –dijo Amelia.

–Pero, ¿por qué demonios quieres montar ahora en moto? –quiso saber Grace.

–Porque es divertido.

Grace la advirtió de los peligros de la carretera y luego volvió a centrar su atención en Ben, al cual sometió a un profundo interrogatorio sobre su vida, aunque de manera agradable, intercalando sonrisas y anécdotas sobre Amelia.

Ben notó que ésta se iba poniendo tensa con el transcurrir de la conversación. Deseó saber de qué se trataba, para poder hacer algo y aliviarla, y lamentó no tener ocasión de estar a solas con ella hasta que la madre se marchara de la ciudad.

–Amelia lo pasó muy mal durante mucho tiempo cuando Charles murió –le comentó Grace con sinceridad, en un momento en que Amelia había ido a la cocina–. Tú has conseguido que mi hija vuelva a sonreír y siempre te estaré agradecida por eso.

–Mamá, ¿no estarás coqueteando con él? –dijo Amelia, al regresar con el postre.

–Sí. Será mejor que me rescates, porque ya me tiene en el bote –contestó Ben, logrando que las dos mujeres rieran. Luego notó a Amelia preocupada–. ¿Algún problema?

–He buscado a César, pero no está en casa –respondió–. Si no os importa, voy a ver si lo encuentro fuera.

–Voy yo, tranquila –se ofreció Ben, que no quería proseguir con las preguntas de Grace.

La noche era fría y estrellada. Mientras paseaba alrededor de la casa de Amelia, Ben pensó que conocer a Amelia era lo mejor que le había pasado en toda su vida. Lo único que lo preocupaba era que los amigos de ésta no lo aceptaran a él como pareja...

Respiró profundo y se recordó que había salido a buscar un gato, el cual, después de varias vueltas, encontró entre unos arbustos cercanos al porche.

–Es muy agradable, pero no se parece nada a Charles... –le estaba diciendo Grace a su hija cuando Ben se acercó, de vuelta a casa–. Amelia, estoy segura de que ya sabes que hay hombres para pasarlo bien y hombres para casarse. Puede que Ben sea majo, pero no está hecho para el matrimonio. ¿No te gustaría volver a casarte?

–No sé si quiero –oyó Ben que Amelia contestaba–. Soy consciente de que Ben nunca aceptará comprometerse conmigo y sé que algún día me pueda llegar a doler seguir ahora con él... pero en estos momentos me alegro de haberlo conocido. Es un hombre muy especial –añadió con una veta de tristeza.

César le clavó una uña a Ben en la mano y éste no pudo evitar dar un pequeño grito.

–Te he traído a tu desagradecido gato –dijo Ben, mientras se rascaba el arañazo de la mano.

–Recuerda que fuiste tú quien me lo dio –replicó Amelia, curvando los labios hacia arriba.

–Quizá debería haber dejado que se congelara.

–Anda, déjame que te mire esa mano.

Minutos después, Ben le deseó a Grace un feliz día de Navidad y se despidió.

–¿Estás segura de que no es de la CIA? –le preguntó a Amelia, a solas ambos en la puerta.

–Los de la CIA aprendieron de ella –Amelia rió–. Espero que no te haya aburrido con esas historias sobre mi infancia.

–Al contrario –Ben le dio un beso y supo que la iba a echar de menos durante esos cinco días–. ¿Crees que se molestaría si te rapto?

–Ella sí; pero yo no –se acercó a Ben y le rozó la nariz con la suya propia.

–Feliz Navidad, señorita Amelia –se despidió él, conmovido.

–Feliz Navidad, Ben –contestó ella. Entonces le dio un beso lleno de amor, tintado de cierta incertidumbre, y Ben sintió que se le hacía un nudo de emociones en la garganta.

Iba a perderla.

Puede que no fuera esa semana o la siguiente, pero si seguían avanzando en la misma dirección, acabaría perdiéndola. Era evidente que Amelia lo amaba, pero era la clase de mujer que exigiría pasar por el altar. Por su parte, Ben siempre le había cerrado las puertas al matrimonio.

Entonces trató de imaginarse su vida sin Amelia y sintió que el corazón se le desgarraba. Estaba convencido de que era la mujer más hermosa, buena e inteligente del universo y no dejaba de sorprenderlo que ella lo considerara el mejor hombre de la tierra.

Ben no tuvo más remedio que aceptar que en esta ocasión se había enamorado de Amelia de pies a cabeza, y no sabía qué hacer al respecto.

–¿Qué te pasa? –le preguntó Stan, que acababa de llegar a la fiesta de Navidad que Maddie daba en su casa–. ¿Se te ha roto la Harley?

–No, no pasa nada –Ben sonrió–. Sólo le estaba dando vueltas a una cosa.

–¡Vaya, vaya! Eso suena a penas de amor.

–Feliz Navidad a ti también –replicó Ben con sarcasmo.

–Vamos, hombre: esto sólo prueba que eres humano –Stan le dio una palmada en la espalda y rió–. Yo también pasé lo mío con Jenna... ¿Está embarazada? –añadió después de una pausa.

–¡No, por Dios! –exclamó, tan alto que llamó la atención de Jenna–. No –repitió con más calma.

–Oye, si le pasó a mi Jenna, le puede pasar a cualquiera... ¿Te vas a casar con ella? –se atrevió a preguntarle.

–Yo no soy de los que se casan –denegó Ben de inmediato.

–Ningún hombre es de los que se casan hasta que encuentra a la mujer adecuada, Ben –contestó Stan–. Pero si Amelia no hace que desees tenerla contigo para siempre, entonces no es la mujer adecuada. Si no sientes que tu vida sin ella sería desgraciada, no es la mujer adecuada. Si no la amas...

–Basta ya, Stan –lo interrumpió Ben, mortificado–. ¿Qué pretendes decirme con todo esto?

–Que la humildad es el principio de la sabiduría –respondió Stan con seriedad.

–Ella no cree que yo esté hecho para casarme –comentó Ben, apesadumbrado.

–Y no lo estás. Pero no te costaría tanto cambiar. Puedes seguir con tu Harley y con tu chaqueta de cuero. Sólo necesitas convencerla a ella de que serías un buen esposo... Necesitas un trabajo fijo –dijo Stan, como enunciando el primero de una larga lista de requisitos.

–Tengo una oferta para vender el negocio de coches.

–¿La vas a aceptar?

–Todavía no lo he decidido –Ben no quería perder a Amelia, pero tampoco renunciar a su viejo sueño de cruzar el país en moto.

–Pues tienes que decidirte. Si de verdad quieres retenerla, ella tiene que poder contar contigo.

–No estoy seguro...

–Tú sabrás. Encontrar a la mujer adecuada puede hacerte más feliz de lo que jamás hayas soñado, o puede hacerte sentir el hombre más desgraciado del mundo si la dejas escapar. Hace falta mucho valor para comprometerse.

–Valor o estar loco.

–Entonces deja que te cambie por otro hombre dispuesto a comprometerse –Stan se encogió de hombros–. Lo superarás.

Ben sintió unos celos espantosos sólo de imaginar a Amelia con otro que no fuera él. Además, no tenía nada claro eso de que pudiera superar la pérdida de ésta.

–¿Todavía no estás seguro? –prosiguió Stan–. Bueno, *si* decides seguir con ella, tienes que tener un trabajo fijo, ver películas de mujeres de vez en cuando y también sería útil... despedirte de tu propio cuarto de baño. Pero, sobre todo, tienes que estar perdidamente enamorado de ella... Declararse con un anillo es lo que más se estila.

–¿Eso es todo? –gruñó Ben.

–Y un traje para las ocasiones especiales.

–¿Ocasiones especiales?

–Sí: bodas, aniversarios, bautizos...

–Mi funeral –replicó Ben–. Sólo necesitaré un traje para mi funeral.

Cuatro agónicos días después, Ben estaba en su despacho vestido con un traje azul.

–Señor Palmer –dijo uno de sus empleados tras

abrir la puerta–. Lo siento, señor, le acompaño en el sentimiento.

–No se ha muerto nadie –contestó Ben–. ¿Querías preguntarme algo?

–Yo... me preguntaba si puedo salir antes esta noche.

–¿Cuántos vendedores quedarían aquí trabajando?

–Cuatro, señor.

–Permiso concedido –dijo Ben mientras miraba el reloj, deseando que Amelia llegara ya. Se había puesto el traje para impresionarla, pero se sentía incomodísimo con él–. ¿Sí? –preguntó, después de que golpearan de nuevo a la puerta.

–Señor Palmer, un cliente quiere verlo en el aparcamiento.

–¿Tengo que atenderlo yo?

–Eso parece. El cliente insiste en verlo a usted.

Maldijo en voz baja, salió hacia el aparcamiento y se quedó de piedra al ver «al cliente». Vestida en ropa negra de cuero, de los pies a la cabeza, Amelia se quitó el casco de su moto. Tenía las mejillas encarnadas y sus labios esbozaban una sonrisa nerviosa.

–Hola, pequeño –lo saludó ella–. Te invitaría a dar una vuelta en mi nueva moto, pero no llevas la ropa adecuada.

–¿Tu nueva moto? –preguntó Ben, asombrado.

–La he comprado hoy.

–Vamos a mi despacho –dijo Ben, que estaba deseando besarla.

–De acuerdo –Amelia rozó la manga de la chaqueta de Ben–. Un traje muy bonito. ¿Quién se ha muerto?

–Nadie. No se ha muerto nadie –contestó, mientras oía un murmullo de risillas entre sus empleados.

Nada más cerrar la puerta del despacho, la abrazó y la besó.

–Te he echado de menos –susurró Amelia.

–Y yo a ti –bajó la mano hacia sus caderas–. ¿Qué haces con esta ropa?, ¿y la moto?

–Pensé que tendría que ir bien equipada si vas a cruzar el país en moto –lo miró fijamente a los ojos–. Si es que me dejas que te acompañe... aunque me costaría un poco acostumbrarme a seguir tu ritmo... y entiendo que quizá prefieras hacer parte del viaje solo... –fue añadiendo, ansiosa porque Ben dijera algo.

–¿Te has comprado una moto para poder cruzar el país conmigo? –repitió incrédulo, acariciándole una mejilla.

–Sé que no te lo había consultado, pero... eres importante para mí. Aunque si te parece una imposición...

–¡Por favor, Amelia! Quiero que te me impongas de todas las maneras posibles –apoyó la frente sobre la de ella.

–¡Oh, Ben! –las lágrimas empezaron a brotarle de los ojos.

–¿Estás llorando, cariño?

–Es que te amo. Te amo demasiado.

–Nunca. Nunca será demasiado –la besó con ternura–. No he vendido el negocio.

–¿Por qué? Creía que querías viajar.

–Pero había otra cosa que quería más –Ben rió–. ¿Sabes?, tengo que convencer a una mujer muy especial para que se junte conmigo.

–¿Juntarse?

–Sí, Amelia. Quiero que no te despegues nunca de mí. Te amo... Por eso me he puesto el traje.

–¿El traje? –Amelia estaba que se desmayaba de la emoción.

–Para que te convenzas de que sí estoy hecho para casarme.

–¿Has dicho... casarnos? –se le aflojaron las piernas.

–Sí.

–Esto es un sueño, ¿verdad?

–*Tú* eres un sueño. Eres lo mejor que me ha pasado en la vida. Te amo.

–Yo había venido dispuesta a convencerte a que me dejaras ir contigo en moto...

–Quiero más que un viaje en moto, Amelia. Te quiero para toda la vida.

–Te amaré aunque no te cases conmigo –le dijo Amelia.

–¿Quieres casarte conmigo? –insistió Ben, declarándose boca contra boca.

–Sí.

–Te volveré loca –la advirtió, mientras se quitaba la chaqueta.

–Perfecto –Amelia sonrió–. ¿Qué estás haciendo, Ben? –le preguntó, cuando éste le metió las manos bajo la camisa, en busca de sus pechos.

–Estoy haciendo el amor a la mujer con la que voy a casarme.

–Creo que ya he cubierto mi cuota de retos peligrosos por hoy.

Pero Ben siguió besándola y Amelia no tardó en comenzar a desnudarlo. En seguida necesitó sentir su boca más cerca, su cuerpo dentro de ella.

–Entra –le susurró Amelia–. Entra ya.

–Tenemos que protegernos.

–Ya me he encargado yo –replicó ella, rodeando la espalda de Ben con las piernas.

La sujetó por las nalgas y la penetró sin separar la mirada de sus ojos ni un segundo. Se movió con un ritmo enloquecedor y Amelia gozó con la expresión de placer que percibía en la cara de Ben, así como con su propia excitación.

–¡Dios, Amelia! Nunca dejes de amarme –exclamó Ben jadeante.

Epílogo

Decían que no durarían, pero se equivocaron.

Así, una soleada tarde de mayo, Ben y Amelia prometieron amarse eternamente y dejaron a todos los pesimistas con un palmo de narices... y tan contentos por su erróneo vaticinio.

Efectivamente, todos los invitados parecían estar divirtiéndose en el banquete de boda. Ben miró a su esposa y el corazón se le hinchó de amor y de orgullo. Llevaba un vestido color crema precioso y un anillo de diamantes y perlas que había diseñado especialmente para Amelia, a quien se le habían saltado las lágrimas de la emoción al recibirlo.

Estaba tan contento que no le había importado ponerse un esmoquin durante la ceremonia; pero, pasada ésta, ya había recuperado sus pantalones y su chaqueta de cuero de costumbre.

—¿Estabas incómodo con el traje? —le preguntó Amelia, al verlo con su habitual indumentaria.

—No —Ben la rodeó por la cintura—. Hora de marcharnos —añadió con urgencia.

—¿Hora de marcharos? —intervino Maddie—. ¿No crees que tienes mucha prisa?

—No. Despídete de todos, Maddie. Voy a secuestrar a mi mujer —dijo, estrechándola entre los brazos.

—¿Estás seguro de que la pajarita no te ha cortado la circulación? —bromeó Amelia.

—He sido muy generoso hasta ahora, compartiéndote con toda esta gente la mayoría del día —replicó Ben.

–No seas tan ansioso –un destello de felicidad brilló en los ojos de Amelia–. Vamos a tener toda la vida para estar juntos.

–Pero me muero de impaciencia –protestó Ben, susurrándole al oído.

–¿Y qué pasa con el ramo de flores? –preguntó la madre de Amelia.

–Será mejor que estés atenta si quieres ver quién lo recoge –respondió Ben, tirando de Amelia en dirección a la moto de él. Una vez sentados, Amelia lanzó el ramo hacia atrás.

–Una promesa más –le pidió ella.

–Cualquier cosa –respondió Ben, sorprendido aún por el amor que compartían.

–Quiero que me prometas que seguirás secuestrándome el resto de mi vida.

–Prometido –aseguró él. Y acto seguido, Ben y Amelia arrancaron hacia la luz del sol que iluminaría su matrimonio para siempre.

Deseo®...
Donde Vive la Pasión

¡Añade hoy mismo estos selectos títulos de Harlequin Deseo® a tu colección!

Ahora puedes recibir un descuento pidiendo dos o más títulos.

HD#35143	CORAZÓN DE PIEDRA de Lucy Gordon	$3.50 ☐
HD#35144	UN HOMBRE MUY ESPECIAL de Diana Palmer	$3.50 ☐
HD#35145	PROPOSICIÓN INOCENTE de Elizabeth Bevarly	$3.50 ☐
HD#35146	EL TESORO DEL AMOR de Suzanne Simms	$3.50 ☐
HD#35147	LOS VAQUEROS NO LLORAN de Anne McAllister	$3.50 ☐
HD#35148	REGRESO AL PARAÍSO de Raye Morgan	$3.50 ☐

(cantidades disponibles limitadas en algunos títulos)

CANTIDAD TOTAL	$_____
DESCUENTO: 10% PARA 2 O MÁS TÍTULOS	$_____
GASTOS DE CORREOS Y MANIPULACION	$_____

(1$ por 1 libro, 50 centavos por cada libro adicional)

IMPUESTOS*	$_____
TOTAL A PAGAR	$_____

(Cheque o money order—rogamos no enviar dinero en efectivo)

Para hacer el pedido, rellene y envíe este impreso con su nombre, dirección y zip code junto con un cheque o money order por el importe total arriba mencionado, a nombre de Harlequin Deseo, 3010 Walden Avenue, P.O. Box 9077, Buffalo, NY 14269-9047.

Nombre: _____

Dirección: _____ Ciudad: _____

Estado: _____ Zip code: _____

N° de cuenta (si fuera necesario): _____

*Los residentes en Nueva York deben añadir los impuestos locales.

Harlequin Deseo®

CBDES1

Tamar estaba dispuesta a descubrir todos los secretos de Jed Cannon. El famoso playboy había destruido la felicidad de su prima y su reputación, y tenía que pagar por ello. Lo había investigado con cuidado: las casas que poseía, las mujeres con las que salía... ¡Era el momento de poner su plan en acción!

Ella pretendía jugar con Jed a su propio juego y después denostarlo públicamente. Pero cuanto más coqueteaba con él, más comprendía que Jed no era el despiadado hombre que había creído. Quizá no fuera realmente venganza lo que buscara después de todo...

Venganza privada

Helen Brooks

PIDELO EN TU QUIOSCO

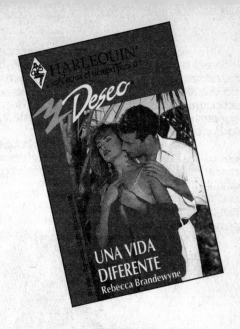

Jordan Wescott no se había imaginado que para proteger los intereses económicos de su familia tendría que cambiar temporalmente de vida y convivir con la criatura más bella que nunca había conocido.

Mistral St. Michael era como una leona defendiendo su territorio, y no iba a permitir que nadie se acercara demasiado a ella. Pero su corazón corría serio peligro de sucumbir ante aquel hombre, y Mistral desconfiaba de cualquiera que la incitara a sucumbir a sus deseos...

PIDELO EN TU QUIOSCO

Lo último que necesitaba Lance en su vida era a aquella mujer exasperante que no paraba de hablar. ¿No se daba cuenta de que no estaba buscando novia? Y mucho menos una boda. Sin embargo, había algo en su sonrisa, en el calor que transimitía, que le hacía imaginarse un futuro a su lado... un futuro que jamás existiría.

Melanie, por su parte, sabía que iba a necesitar unas buenas dosis de cariño para derretir la dura fachada de Lance. Pero le bastaba mirar a aquel hombre para saber que su relación tenía un futuro por delante.

Un corazón en llamas

Marie Ferrarella

PIDELO EN TU QUIOSCO